爱情 / 都市 / 偶像 / 喜剧

U0657260

我的美女房东

爱情 / 都市 / 偶像 / 喜剧

十年 / 著

21 二十一世纪出版社集团
21st Century Publishing Group

百花洲文艺出版社
BAIHUAZHOU LITERATURE AND ART PRESS

图书在版编目（CIP）数据

我的美女房东 / 十年著 .
— 南昌：百花洲文艺出版社，2016.3
ISBN 978-7-5500-1597-5

Ⅰ．①我… Ⅱ．①十… Ⅲ．①长篇小说－中国－当代
Ⅳ．① I247.5

中国版本图书馆 CIP 数据核字（2015）第 293948 号

我的美女房东　　　　十年作品

责任编辑	刘长江　王丰林
美术编辑	王　桥
出版发行	二十一世纪出版社集团（江西省南昌市子安路 75 号　　330025） www.21cccc.com　cc21@163.net
出 版 人	张秋林
经　　销	全国新华书店
印　　刷	江西省和平印务有限公司
版　　次	2016 年 3 月第 1 版　2016 年 3 月第 1 次印刷
印　　数	1～10,000 册
开　　本	720mm×1000mm 1/16
印　　张	15.75
书　　号	978-7-5500-1597-5
定　　价	35.00 元

目 录

题 记

曾经，有一个人告诉我：世界那么大，
找个美女房东同居吧！
如今，有一个人告诉我：婚姻那么辣，还是单身好！
谢谢你们，让我的青春不老；
怀念青春，怀念那些年，那些有关青春的似水流年。

——十年

/ Chapter I　天蝎座遇上处女座 /

　　摩登大都市总是那样的吸引人，据婚恋交友网站最新发布的《单身男女"剩斗士"城市指数》显示，全国单身人士中，25 岁以上的"剩客"占据六成以上。其中，一线城市的"齐天大剩"比例最高，因此像我这样越过 27 岁的剩客一族，朋友们看不下去，支了这么一个招：

　　"世界那么大，找个美女房东同居吧。不然你的南漂生活就是浪费时间，我同居的目的是要找个老婆，现在就找到你嫂子，你要抓紧机会了。"

　　天蝎座的人，说做就做，吸取经验，勇敢直前。

　　缘分似乎就这样来了，在我的策划之下，有一个美丽的处女座姑娘成为我的美女房东。

　　只不过她有点小野蛮，但并不影响我和她的同居关系，因为天蝎座的我喜欢挑战。

　　有时候，同居是一场小清新。90 后的座右铭就如不想当厨子的裁缝，不是好司机；而我的同居，是一种青春，更是一种战斗。

　　为了创建和谐社会，营造良好的家居氛围，我，陈朝阳在和丽琳同居的日子里，讲文明，爱生活，保证我们是传统的中国式同居生活，即坚持遵守 8 条"新中国式同居"契约：

　　1. 绝不越雷池半步。

2. 不能乱动房东私人物品。

3. 没有房东允许，不能带任何闲杂人等出入，并保持个人清爽、整洁、有风度的自我形象。

4. 在家不能光着身子随意走动，意指：上半身的衣服遮盖必须达50%以上……

5. 上厕所时一定要记得关门，进冲凉房前一定要记得敲门。

6. 脏衣服不许堆积在洗衣机里，要及时清洗。

7. 房东不开心时要说笑话和做鬼脸来哄他 / 她开心，直到心情平复为止。

8. 就寝时间可遵循个人作息习惯，未经对方允许，不可摸黑乘机占对方便宜。

注意：如果要求提前解除合同，需提前 15 天，否则没收全部押金；不能有任何异议；房东有权随时修改合同条款；房客必须自觉遵守，房东没有任何的威逼性质，完全是房客出于自愿。

我大笔一挥，龙飞凤舞地签上了我的名字"陈朝阳"——终于可以搬进梦寐以求的新居；与二十四岁的漂亮女房东罗丽琳正式"同居"了。

想到未来的 N 个日日夜夜，她就睡在我隔壁，对于这些条约，我就再没有异议了。

第二天，我如愿以偿搬进了这个家，严格对照条约，将一切收拾得妥妥当当。

只是，当我累得直不起腰走出房间，却见她在描绘着自己的水晶指甲，丝毫没有将我这位帅气的房客放在眼里，完全把我视为空气。

我重重地咳嗽了几声，揉揉酸痛的腰，把手撑在门槛上，摆了个漂亮的 POSE 和漂亮的房东搭讪，目的是让她看见我的优点。

自我陶醉地欣赏着自己挺拔的身材半天，我终于放弃了这个愚蠢的动作，她始终只对自己那彩绘指甲感兴趣。

我讪讪地走到沙发边，估算着最佳的距离，坐到了一旁，我侧侧身子，深深吸了一口那淡淡的香气，假装欣赏她手中杰作——彩绘指

甲，说："琳，你这房子真的不错啊，环境好，而且干净，离我上班的地方又近。"

我的友好搭讪得到了回报，丽琳一边继续她的指甲彩绘，一边回应着我："那就安心在这里住好了。"

终于撬开漂亮房东的口，我欣喜之余，却丝毫不敢怠慢，开始发挥自己的语言天赋："琳，喜欢玩脑筋急转弯吗？一个永远要你对她负责，而她却不对你负责的是谁……"

还没等我说完，丽琳就将指甲油递到了我跟前，面带笑容却又透露着冷傲说："麻烦放到电视柜上。"她见我没有反应，又把那纤长的手再伸长了一点，说："我的全名叫罗丽琳，下次我不希望再听到'琳'这个称呼。"

第一次和漂亮房东客套，绅士的我保持着虽败犹荣的心态，保持着微笑，妥妥当当帮她放好指甲油，再次坐回她的身边。我小心翼翼地窥视着她绝美的脸蛋，试探地将手伸到了她身后的沙发靠背上，我的表现是那么的自然。

我的表演完成了仅仅不到一分钟，便再次下了指令，说："朝阳，你到你房间里的第二个抽屉拿一个本子过来。"

拜托，她怎么时时刻刻都提醒我是个房客？这些条例，我不是签署了吗？乖乖，她什么时候还将这些条例注解了？我还没来得及细看注解的内容，她就站起身子，向她的闺房走去。

我捧着这个本子，深深呼吸了一口气，睁大眼睛开始看里面的内容，手不由颤抖起来，只见白纸黑字地写道："不能碰房东晾晒的胸罩和内衣裤；不能以酒后乱性的理由来故作亲密；不能当着房东面和女友亲嘴；不得在家里大声喧哗……"

看着她修长的背影，想起自己来此租房的初衷——从前的我还笑话在北京的哥们儿木兄，唯唯诺诺地同意了漂亮女房东的苛刻协议，如今理解了哥们儿的良苦用心，实在是应验了那句古语——"舍不得孩子套不住狼"。

"不能碰房东晾晒的胸罩和内衣裤……"比起木兄的那5条同居契约要苛刻多了：

1. 文明用语，禁止说粗言俗语，但偶尔可以说"靠"。

2. 注意自身品德修养，切忌不良嗜好，如：吃饱打嗝、餐后放屁等，注意保持良好形象。

3. 房东生日要当成自己的生日来记住，送礼只准送"红牛"（意指：百元大钞票）。

4. 禁止裸睡，禁止深夜唱歌，不得半夜打扰对方睡眠。

5. 保证房东利益，严守房东私隐。

他的条约真的算不了什么，当初我还为此取笑过他，现在，我真的不好意思在他跟前提起这个话题。虽说如此，可木兄又道出了和漂亮房东同居的种种好处才激起我这个雄心壮志的想法，我也要来一个"近水楼台先得月"。因为木兄在经历了和他的女房东日日夜夜相对的360天之后，终于擦出了爱情的火花，两人幸福地沉醉在爱的海洋里，不久前听说他们要结婚了。由于他女朋友怀上了宝宝，我心想，肯定是在某个夜晚，他们两个寂寞的男女都抑制不了内心的渴望而犯了错。

拿着这个本子，我回到自己的房间，坐在床上，认真地看了一遍，不禁额头直冒汗。

这时手机响了，我按了接通，是开酒吧的哥们儿吴伟岩打过来的，我们聊得很开心，伟岩说了一件特别搞笑的事情，我不禁大笑起来。

挂了电话，我闻到一阵芳香，不由向门外看去，只见丽琳站在我房间门口。我以为她有事找我，就很礼貌地请她进来坐，谁知道她却板着脸，说："先生，你刚才触犯了同居条例的附加条例，通电话的时候，声音不能超过七十分贝，也就是说在房间里通电话的声音不能'渗及'到房外。"

我马上打开本子，翻到附加条例的N5条——电话通话条例："通

电话时声音不能超过七十分贝，一经触犯，将要给房东女主人充值五十元电话费。"

我吓出一身冷汗，也太贵了吧，我一个月的电话费也只是五十元，这回真的要放血了。

为了挽回这个局面，我马上给丽琳报以亲切的笑容，说："真的对不起啊，我可爱的大方的漂亮的女主人，第一次初犯，就当我不知道，给一次免罪的机会，好吗？"

我的赞美收到了很好的成效，因为丽琳的脸已经由阴转晴。

"别嘴甜舌滑了，"丽琳说，"姑且念你是初犯，这次就免你罪，但下次如果再犯，得双倍罚，知道吗？"

"我就知道你通情达理，你放心好了，我保证以后不会再犯同样的错误。"

丽琳前脚踏出房门，我的电话又响了，是木兄打来的，肯定是好奇我和女房东第一天同居的事儿。

"木兄，想我了吧，难得你忙着结婚的事还有空给我打电话。"

"朝阳，你这小子，就知道我忙不会给你打电话，我是特意提醒你别忘了给你嫂子买健儿乐的营养品，在北京就是找不到，所以还得麻烦你在广州采购。"

"木兄，得了，我记着呢，没事我挂了啊，我要收拾房子，过几天拉好网线再和你贫。"

"急什么？我还没说重点，你的女房东有没有让你签什么'同居'条例。"

"木兄，你真会开玩笑，我朝阳英俊潇洒，风流倜傥，一表人才，正人君子……一看就知道是好人，哪里还用签什么同居条例。"

"那你真的走运了，找到这么好的女房东，我告诉你啊，一定要找机会发展你们的感情，不然你的同居生活就是 TMD 浪费时间，我同居的目的是要找个老婆，现在就找到你嫂子啦，你不要比我失败哦。"

"我就知道木兄厉害，这一点我自愧不如。"

"别说厉害不厉害，等你拉好网线，我们网上聊，我把怎么泡到女房东的秘笈传授给你。"

木兄话还没说完，我就听见电话那头传来嫂子的声音："大头木，原来你当初一直策划着怎么把我泡到手，你不是真心喜欢我，我们不结婚了。"接着就是摔电话的声音。

我听了这话急得像热锅上的蚂蚁，马上解释说："嫂子，木兄是开玩笑的，你别当真啊。"

可是，嫂子哪里听得进去，她矛头已指向木兄，不顾一切地教训起来，我把声量提高到一百分贝对着电话吼："嫂子，木兄是开玩笑的，你千万不能当真。"

话音刚落，丽琳已经站在我面前。

我无心再听他们内战，乖乖地掏出百元大钞给丽琳自己去充话费。

心里隐隐作痛，百元大钞啊，就这样没了。

刚罚完百元大钞，我本应该用心去熟读那些条例，以免下次再受罚，可我压根儿就读不进去，因为肚子在"咕咕"响。我饿了，先去厨房看看有什么能吃的，填饱肚子再说。

走出客厅，见丽琳躺在沙发上敷面膜，一看钟，已经是 15:00 了，难怪饿了，原来是下午茶时间到了。我直奔厨房，打开冰箱，生的、熟的、即食的，还有半成品一应俱全，可以媲美超市里的食品专柜。

吃过美味无穷的茶点，意犹未尽，又拿了一条巧克力吃起来，味道不错，怪不得女孩子都喜欢吃这种零食，原来真的挺好吃的，再来一条，吃着吃着，突然想起帮一个客户做休闲食品的广告语——吃了还想吃。

我越吃越有劲，又进厨房打开冰箱，看还有没有其他好吃的，却发现里面有自己经常拿来解决温饱问题的小杯方便面，这种方便面只在 7-11 便利店有售，丽琳竟然也爱吃，而且连口味都和我一样，葱香排骨味，太棒了，我二话不说就拿起来泡了一杯。

不到两分钟，一阵香喷喷的面味扑面而来。

正当我品尝"大餐"的时候，听见外面传来声音："怎么这么香啊！这是不是小杯装方便面的味道？"

我探出头来，得意地说："丽琳，你真聪明，你要不要来一杯？"

"朝阳，你什么时候买的？你怎么也喜欢吃这个？"

"我在冰箱里拿的，原来你也喜欢吃这个味啊。"

丽琳没再说话，我以为没事了，继续享用香喷喷的面。

"好吃。"我一边吃一边自言自语。

"真的好吃吗？"

"我最爱吃了，这是我的生命之粮。"

"是吗？"

"是啊。"

怎么感觉有点不对，抬起头一看，"鬼啊。"

"鬼你的头，是我。"丽琳的声音。

"你干吗敷面膜吓我，你这个样子我会害怕的。"

"知道害怕就好，你干吗吃我的面？"

"我饿了啊。"

丽琳一时无语，让我回房看同居条例的第二条。

"嗯，我知道了，吃完面我就回去背，刚才太饿了，所以读不进去。"

丽琳没再说话，出去了。

我把最后两口吃完，回到房间。

原来丽琳来过我房间，贴了一张便利贴在门上，写道："朝阳，我不想跟你说话，你吃了我的小杯方便面，我很生气，这不是触不触犯同居条例的问题，你知不知道，小杯方便面是我坐了22站公交车才在7-11便利店买回来的，你一声不说就把它吃掉了。"

看了这张便利贴，我才知道自己错了，我不应该连招呼都不打就把她的面吃了，都是我不好，一看到小杯方便面就嘴馋。

怎么办？刚搬进来就犯了那么大的错误，她不会叫我走吧？这万万不可以的，这个地段找个房子已经不容易，更别说有漂亮的女生一起住了。

没办法，现在最好的补救方法就是马上坐 22 站公交车把面买回来。

说做就做，真的不能把漂亮房东得罪了，我要行动起来，用行动来证明我的诚意。

我马上直奔公交车站。今天是什么日子嘛，公交车那么少，等了十几分钟都不见一辆车进站，好不容易等来了又挤得水泄不通，无奈之下，拦了一辆的士，告诉司机去最近的 7-11 便利店。

计程表跳得特别快，我的心跳也跟着加速，我终于明白这 22 站公交车的路程是多么的遥远，来回八十大元的士费终于换回一箱小杯方便面，丽琳也因此被我的诚意感动。

刚松了一口气，但是，当丽琳拿过我手上那箱面时，我才留意到纸箱上面那几个醒目的大字：劲爆酱辣味！我被弄得哑口无言，那是我花了八十元打的费换来的啊，我要申诉。

正当我的小宇宙要爆发的时候，丽琳突然笑了起来，双目发光还打趣地说："劲爆酱辣味，这个味儿正，上次我想买还买不到，不得以才买了排骨味。朝阳，你可真懂我的心，刚才的第二条契约犯规，现在我宣布无效。"

这句话真是及时安抚了我受伤的心灵，犹如冬天里的一把火……

我情不自禁唱起费翔的歌，"你就像那一把火，熊熊火焰温暖了我，你就像那一把火，熊熊火光照亮了我……"

谁知丽琳又在偷笑，不是因为我唱得不动听，而是她又在打着如意算盘。我马上收起动听的歌声，用深情的眼神看着丽琳，说："献丑了，我的喉咙实在是太痒了，所以高歌一曲也不为过啊。"

说完，我一脸诚恳地给她敬了一个礼。

丽琳微笑着说："我好像没说什么吧，你不用这么紧张。"

看来我的歌声实在是动听，"你就像那一把火，熊熊火焰温暖了我，

你就像那一把火，熊熊火光照亮了我……"

丽琳终于发火了，吼道："陈朝阳，你再唱就得罚款。"

我马上投降，跑回自己的房间。没有网的日子真难打发，而今天又是周六，不想工作，唯有对着窗外发呆，却被我发现了一个秘密：原来窗口正对着的是一个美女家的阳台，你猜我为什么这么肯定？因为那个美女就站在阳台上收衣服，看来我的艳福不浅。

这个女人挺正点的，该凸的凸，该凹的凹，玲珑的曲线，有前有后，具体来说属于奔放的类型，在阳台收衣服竟然也穿得这么性感，可以用"露肩、露脐、露腰"来形容：不罩外衣，就穿一件黑色的蕾丝薄纱内衣，下身一条超短裙短到大腿上的肉都能窥视到。她应该没有考虑到一个问题，就是周末的宅男们都有用望远镜偷窥美女的爱好。

我应该还达不到这一类的范畴，至少我没有用望远镜。

正当我的情感激起一朵小浪花的时候，美女的背影就从我的眼帘渐渐地消失，又出现一阵子的空档期，因此我留意楼下的另一家阳台，风平浪静。

这时，丽琳过来敲我的房门，我说："不用敲了，进来吧。"丽琳穿着睡衣走了进来，我眼睁睁地看着她，之后她做了一个扭腰的动作，把身体侧到一边，然后说："看什么看！"

我开玩笑说，"美女当然是拿来欣赏的啊，何况你穿着睡衣，如此的性感！"

"陈朝阳，你……"

我也急了，记得这样的挑逗性行为好像是哪条条例来着。

丽琳这个丫头也看穿了我的心事，直接说，"N6条，当众调戏或者挑逗美女房东要承包家里的清洁一个星期，包括洗厕所，每天三次。"

我连忙解释说："刚才真的跟你开玩笑的，因为我看到对面阳台有美女，一时兴奋。"

丽琳好像不满意我的解释，皱着眉，说："你用望远镜偷窥？"

她这么说，我也乐了，"莫非，你用望远镜偷看过对面的帅哥？"

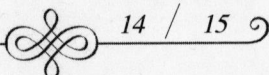

话音刚落，我知道自己又犯下严重的错误，看来厄运难逃，厕所啊厕所，你就别折磨我了。

丽琳却笑了，说："今天我心情好，不跟你计较，朝阳，你是学艺术设计的吧？"

"对啊，你记性真好，把我这个强项记住了。"

"少来这套，你到我房间来。"

"进你的房间？方便吗？"

这可是传说中的雷池，我的表情有点夸张，心里阴阴地笑着，内心早已充满了期待，真的很好奇丽琳房间里到底藏有什么样的秘密，那是一份什么样的少女情怀，真是越想越兴奋。现在终于有机会了，而且还是这个女子亲自开口请我过去的。

丽琳白了我一眼，说："有这么夸张吗？不就是进女孩子的房间，你不会真的没有进去过吧。"

我点了点头，"真的没有啊。"

"那就让你见识见识。"

没想到这个女子说话会这么直接，但她越直白我就越好奇。

我跟着她走进私密之区。

好香啊，房门一开，我就闻到了一股香味。

"丽琳，是不是你的女人香。"

丽琳似乎很喜欢听这句话，咧着嘴笑了笑，说："那当然了，我们女孩子身上就有种女人香，不像你们男人，一身的汗臭味。"

我用最快的速度扫视了一遍丽琳的房间，最特别之处就是墙上挂了很多珍藏照片，整个空间都充满了艺术味道。我不自觉地走近前看，哇噻，都是丽琳的私人艺术照片，每一张都很有亮点。我被其中一张裸了上半身，但用手挡住重要部位的照片吸引住了，正当我全神贯注看这张照片时，却感觉到背后吹来一阵凉风，我用不快不慢的速度回过头。

丽琳瞪着我。

我连忙说："对不起。"

"你怎么这么没礼貌，招呼都不打一声就过来看我的艳照。"

我一时嘴快，说："丽琳，原来你也喜欢拍艳照啊。"

我毫无防备，就受了丽琳的美人拳，但她用力很轻，一点都不痛。据我分析，她应该不是真的想使用暴力，只是一时手快，也是习惯。

我故意装得有点受伤的样子，反复摸着被打的位置，丽琳似乎心软了，说："对不起啊，我不是故意的，痛吗？"丽琳把手伸过来，在我脸上抚摸，我闭上眼睛，享受着她细滑的手在我脸上抚摸的感觉。

谁知，丽琳摸着摸着，突然用力一捏。

"我根本就没有用力挥拳，你却装得很痛，那我就让你真的痛。"丽琳得意地笑着说。

我张大嘴巴，哑口无言。

过了一会儿才说："美女房东，我服输了。"

就这样我和丽琳这个漂亮的女子过着"河水不犯井水"的中国式同居生活。木兄和木嫂也过着幸福的中国式婚姻生活，这小两口也许是尝到了婚姻生活的甜蜜，慢慢地和我联系少了，他们打算去国外定居，过一把外国式婚姻生活瘾。

丽琳因为和我"同居"的关系，接触伟岩的机会多了，竟然慢慢地喜欢上他。

故事就是在伟岩的生日 Party 上发生了转折。

在这大半年的"同居"生活里，我们之间发生了很多的故事，我给丽琳起了一个亲切的称呼——大猪，她也给我一个亲切的回称——小猪，但这个称呼只是在我们极度"兴奋"的状态，或者是极度"休克"状态才能相互称谓。

记得那年夏天，高温酷暑，格外炎热，刚好这段时间，我所在的广告公司接的项目也比较多。

这天，刚忙完一个项目，就提前回家。从的士里出来，一股热风扑面而来，身上立刻起了层鸡皮疙瘩，空调车厢和外面燥热的高温形成了强烈的反差，就好像从北极过渡到赤道那么夸张，这个天气真是热得让人受不了，一身汗臭味，回去得马上洗个凉水澡。

回到住处，我把文件袋往房间里一扔就冲向冲凉房，推开门，眼前的景象让我大吃一惊，丽琳正在洗澡。本以为这样的场景只会出现在电视剧里，现在竟然在我眼前上演了，任何男人面对这样的场面绝对是会失去理智的。

我呆住了，高分贝的尖叫声把我拉回到现实，当然，最后我受到了非同一般的"礼遇"——丽琳把冲凉房里的洗发水瓶沐浴露瓶……能拿到的东西都往我身上扔，我如同惊弓之鸟飞奔出去。

回到房间之后，我发现情况不妙，刚才那么鲁莽，肯定要被丽琳赶出家门，因为我连犯了两条同居条例：第一，我刚才急着去洗澡，只穿了一条 CK 三角裤，这下子，我的全身遮盖面积连 10% 都不到；第二，更大的问题是我竟然没有敲门就进去。但是，门没上锁，我一推就开了，这不是我的错，不算犯规吧，我在为自己找着借口。

等丽琳洗完澡出来，我已经站在冲凉房门外，很不好意思地看着丽琳，说："大猪，刚才真的很对不起。"我非常诚恳地道歉，希望得到丽琳的宽恕，因为我实在不想失去这样安定的生活。

丽琳皱起了眉头，说："刚才怎么了，你就当什么事都没有发生过。你叫我什么？大猪？"

我突然心血来潮，嬉皮笑脸地对着她，小声地说："对啊，大猪，既然小猪看过你的身体，那么小猪会对你负责任的。"

丽琳突然变得很严肃，说："陈朝阳，我告诉你，我可不是什么随便的女子，我是刚从外面回来，太热了就洗个澡，我绝对没有勾引你的意思。还有，我不知道你这个时候会回来，最大的问题是我真的忘记关门，所以请你不要误会我的人格。最后，我现在没这个心情，不要叫我大猪，叫我丽琳，懂吗？"

"哦，知道了。"我很失望地回答。

"小猪，我想让你答应我一件事情。"丽琳的语气一下子就软了下来。

她竟然叫我小猪，这个丽琳也太可爱了，"没问题，你说什么我都答应你。"

"今晚伟岩的生日 Party，你带我一起去，好吗？"

"只是这样而已？"我还以为会有什么让我兴奋的事情发生，但听到这个答案之后，我失望的表情马上表露在脸上。

不过我还是一口就答应了她，毕竟保住一席之地要紧。

"还有，我今天心情好，想下厨，让你尝尝我的手艺。"丽琳说。

"哟，大猪，你要真有心，那小猪就不客气了。"

"你叫我什么？"丽琳说完又举起她的美人拳。

我知道这个拳头的威力，马上飞奔回房间。大概过了一个小时，我闻到菜香从门缝里飘进来。原来大猪真的在为我做饭，突然间有点感动，就循着香味走出房间，来到厨房。

"真香！丽琳，你还真有一手啊！"

我一边说一边坐在餐椅上。和丽琳住在一起也有好长一段时间了，难得二人世界。今天到底是怎么回事？所有的美事好像都降临在我身上，就连我连犯两条同居条例，她都没有放在心上。

丽琳看了一下我，说："朝阳，你坐在那里等着，很快就可以吃了。"

"看来我今天有口福了，我的房东不但人长得漂亮，还会下厨，伟岩娶到你是他的福气。"我想让丽琳听到最后一句，就特意提高了分贝，因为只有她开心，我才会吃得开心，这是房东与租客之间的铁律，纠正一下，应该是漂亮房东和幽默租客之间的铁律。

"好了，朝阳，你尝一下我的手艺如何？"

"那我就不客气了。"

我把菜放在口中，才知道出问题了。

"怎么样？我的菜做得还行吧。"丽琳看着我说。

"嗯，不错，味道正好，不咸不淡，很有做大厨的潜力，你也吃吧。"我强吞了那口一团糟的豆腐脑，昧着自己的良心说出了这句赞美的话。

这只是艰难的第一口，我瞄了一眼，那么大一盘菜，怎么吃？

丽琳笑着说："那太好了，这可是我的处女菜，你得吃完啊。"

这次，我可是眼中含泪不得已地点头，我已经没有吃下去的欲望，就如性生活过后，留下的只是疲惫。

然而丽琳却目不转睛地看着我，说："朝阳，怎么了？吃啊，不要停下筷子啊，我可是花了不少心思才烹调出这么与众不同的菜式，像你刚才吃的那道豆腐脑儿，我放了糖，是不是甜到心里面去了？这道番茄炒蛋，我没有加糖，是为你的健康着想，很感动吧？还有这条鱼最特别了，我不放姜，是为了保持原汁原味，味道更鲜美，快点吃啊，这些都是我特意为你做的。"

这个女子真是的，菜做得那么难吃，还在强词夺理：什么为我的健康着想，番茄那么酸，哪有人做番茄炒蛋是不加糖的；豆腐脑儿放盐又放糖，分量、比例还非常不协调；还有那条鱼，不放姜，腥得根本就不能入口，看着就没有食欲。我一点一点地把饭放进嘴里，目的是为了拖延时间，让丽琳受不了，一声令下：你不懂欣赏我的菜，以后都不做给你吃，包括这顿也没你份，我要留给伟岩吃。我想着就高兴，快说吧，丽琳，我等着你说这句话。

谁知，丽琳的话让我快要崩溃，"这些菜够吃吗？我刚又想到一道新菜，叫做……"

"丽琳，求求你不要说了，我只想安安静静地吃完这三道菜，就很厉害了。"听着大钟里的时间"嘀哒嘀哒"在响，感觉过得特别慢，我和丽琳好像共度了好久的时光，怎么回事？是不是因为面对了她一整天，心里有膨胀的欲望却得不到某种生理满足，然后生物钟出现这种错乱的情况，就好像你看到了盘中的美食，但偏偏有一只苍蝇在旁边让你无法享受。

算了，还是回房间熬过这个生理焦虑期吧。

终于，让我熬过了，时间一分一秒地过去了。今晚的 Party 我要尽情去放纵，心里想着今晚找个机会看哪个漂亮的 MM 喝醉了，然后不自觉地睡到了我的床上，接着就……

还是不好，怎么可以这样放纵自己？要找也找个像丽琳这样身家清白、又让我看得过去的女子。

"陈朝阳，你又在做什么白日梦？"

我怎么听到有人在喊我？

"丽琳？你怎么在这里？"

这时，才发现丽琳站在我的面前。

我说："大猪，拜托了，这是我的男生地带，你下次进来敲敲门会不会比较好呢，何况我有打赤膊的不良习惯。"

丽琳皱着眉头，歪着一边脑袋说："你刚叫我什么？"

我看到了她举起了拳头，马上改口，"呵呵，一时改不了口。"

"但你好像也犯规哦，进来没有敲门，但我不怪你，美女有优惠。"

"陈朝阳，我告诉你啊，少跟我来这套，我刚才敲门了，但门是虚掩的，轻轻一推就进来了，更严重的问题是我听到了你在说我什么，和我上床这样的话，是不是？"

这个女子怎么就听到了重点啊，我连忙解释着："没有啊，我刚说话了吗，你肯定听错了，对了，现在几点钟了，我们是不是应该出发了？"

"快七点了，我是进来叫你出门的。"

"好的，我马上换衣服。"

我的话说完，也不见丽琳有什么反应，难不成要我在她色迷迷的眼皮底下换给她看，不好吧，我有生理冲动的——

"我要换衣服了。"

"你换啊。"

"那就麻烦你避嫌一下好吗？大猪。"

"还这么麻烦？"

"呵呵，那你看好了，我换了。"

"跟你开个玩笑的，我出去了，你换吧，快点，我在外面等你。"

她真的走了，我却很失望，这种感觉真奇怪。

我特意换了一身洋气点的休闲服。

"丽琳，怎么样，我这身衣服还好吧？"

"你干嘛啊？穿得这么洋气，又不是去相亲。"

"我是为了陪衬你嘛，"这句话我压低了声音，其实我穿这身衣服也真的是为了搭配丽琳的衣服，不知道怎么的，我挑来挑去还是觉得这身的颜色和款式都比较接近丽琳穿的那条真丝裙子。

"好啦，别说了，我们出发。"

美女房东好像比我更着急的样子，我想想也是，"你为了见伟岩。"

"那你知道了还说出来。"我听完这句话之后心里又有一点点的失落感。

大钟踏入七点整，我们出门，走到楼下的时候，丽琳还神秘地告诉我她买了辆车。

"朝阳，今天你做司机吧。"

她把车钥匙递了过来，我说："为美女效劳是我的义务。"

"少要贫嘴。"

"遵命。"

我们的车子沿着酒吧街一路开过去，这时丽琳的话很少，我用余光关注她，她在专注窗外的景色，我便向同一方向瞄了一眼，现在的酒吧遍地都是，真可谓是风花雪月，酒吧的名字也起得很有诱惑力，让人想入非非。看！什么"满月"，"风雪"，"飞花"，"金爱不夜城"……满街都是，在霓虹灯下显得格外醒目，同时又折射出一种对生活的态度，人们总想以这种方式来减轻生活中的压力。

还有一道最亮丽的风景线，就是整条吧街的外面都站着"半熟女"向我们招手，示意我们到她们的吧里去消费。这些'半熟女'看起来只有十八岁，穿得就像妖孽，布有多少，一眼就看得出，比泳衣多了那点布，可以说满眼都是小妖精。

这种现象实属正常，在酒吧一条街，没有这样的"半熟女"做亮点，谁去光顾？

伟岩的酒吧开在这条街的最尽头，名字很有意思，叫"乡村之夜"，今晚的Party就在这里举行。

走进酒吧，是斑驳的墙面和油灯，不奢华，的确有很浓的异域风情，再加一点轻柔的乡村音乐，就名副其实了。

一进去就看见吧台的中央围满了人，大家把焦点都集中在舞台上，听伟岩说今晚特意邀请了一个性感团体，表演大胆热辣SHOW。酒吧里的音乐跟地震似的，每个人说话都跟吵架一样吼来吼去，极其兴奋，这就是所谓的精神麻醉，比打麻醉针更有效果。

我和丽琳一前一后进了包间，看到一大堆我不认识的人在这个宽敞的大房间里，伟岩一眼就看到了我，走过来和我拥抱一下。

我回头看了看丽琳，她还站在原地，我差点忘记给她制造机会，随即就把她拉了过来。丽琳的手很滑，犹如婴儿一般，我不好意思就松开她的手，对伟岩说："哥们儿，看来你这里还缺少点什么哦。"因为刚进来时我看到男女比例严重失衡。

我把握好时机，接着说："哥们儿，你看场子的MM这么少，我央求了丽琳好多次，她才愿意来的，你可要好好招呼她。"

回头给丽琳使了个眼色。

丽琳露出了迷人的笑容。

伟岩也报以亲切的微笑，说："欢迎你的到来，有美女在，这里就热闹多了，招呼不到的地方千万别见怪。"

伟岩把我们拉到人群里就座，介绍在场的朋友给我们认识。

我把丽琳安排在伟岩的身边，小声对他说："你今晚要好好招呼丽琳，记住，别让她闷场了。"

"我知道了。"伟岩答应得很爽快。

一个叫阿伟的帅哥站起来，硬要和丽琳敬酒。丽琳很爽快地和他敬了。

这时我留意到在一旁唱《容易受伤的女人》的两个女子。

说真的，音准不错，她们唱完我不自觉地鼓起了掌。

接下来，点唱机里播放着《单身情歌》，我看了一下丽琳，她和他们正喝得开心。我拿起麦克风唱起这首歌，后来我邀请其中一个女子跟我对唱。

唱完之后，我们相互笑了笑，我大方地作了自我介绍："我叫陈朝阳，很高兴认识你！"

"我叫苏敏仪，我也很高兴认识你。"

正说着，包房的门被打开了，进来几个漂亮的 MM，最后是伟岩，他牵着一个打扮很时尚的漂亮女子，一下子成了全场焦点。

这个女的是谁？他的妹妹？不可能，我和他这么多年的铁哥们儿，怎么会不知道他有个妹妹？难道是他的女朋友？

这个几率好像比较高，看来不用猜了，答案已经揭晓了。

只听见伟岩说："我给大家介绍我的女朋友，姚美。"然后姚美就像公主般向大家问好，多有气质的 MM！这时，我看到丽琳起来向门外走去。

丽琳怎么了，我知道这样的场面会让她很难堪，但也不至于一走

了之吧。

我跟着丽琳走了出去。

她走得不是很快，我一下子就跟上了，我从后面拉住她，说："丽琳，怎么了？是不是很难堪，要不我找伟岩说清楚。"

丽琳看了看我，说："朝阳，你以为我的承受能力这么差吗？很好啊，他有女朋友，那我就祝福他们。"

真的是这样吗？丽琳给了我一个读不懂的眼神。

"丽琳，如果要走的话我陪你一起走，你今晚喝得太多了，不要开车。"

"谁说我要走？就这样走了，我多没面子，起码也让我有个台阶下吧。"

这下我懂丽琳的意思了，说："那你这是去哪？"

"上洗手间。"

她还会开玩笑，我可以松一口气了。

我在门外等了一会儿，丽琳出来了，她的脸色好像不太好。

我递了纸巾给她。

丽琳看着我说："朝阳，今晚做我的男朋友，好吗？"

我还没反应过来，丽琳已经牵着我的手，我看了看丽琳，说："这是？"

她很认真地看着我，说："不要问为什么。"

走到了包间门口，我再次向丽琳确认："我们真的就这样牵着手进去吗？如果这样，那你和伟岩就真的没有机会了。"

丽琳没有说什么，只是把我的手握紧，我们就这样牵着手回到包间。一大帮人在里面玩得很兴奋，伟岩看到我，给我使了个眼色。

似乎在说："你竟然和我一样，神秘女友在关键的时候出现。"

他起来和姚美走了过来，姚美对丽琳点头微笑，这笑本来是没有什么恶意的，但在这个场合里面，我知道这个笑对丽琳来说是带有敌意的。

反正是进了房间。

我把丽琳扔到床上，顺手把她的衣服脱了，然后又跌跌撞撞地走出来。

好像不对，这是我的房间，又折返回去。

我就这样折腾来折腾去，疲惫不堪，不知不觉就睡着了。

我好开心啊，我牵着丽琳的手来到一个农场，喂猪、喂鸡、种菜，看吧，我施肥，丽琳就浇水，我修猪棚，她就帮我擦汗……天黑了，我们坐在木桌子上吃饭，鱼是今天从河里捕捉回来的，我问丽琳："这鱼新鲜吧。"丽琳点点头。饭后，我们坐在沙发上看电视、聊天，夜深相拥而眠……

我笑着问丽琳："丽琳，你和我在一起，幸福吗？"

"幸福你的头！"隐隐约约听见丽琳在骂我。

我很不情愿地睁开眼，脸火辣辣的痛，好像被人掌掴过。

丽琳用鄙视的眼光看着我，说："陈朝阳，你昨晚对我做过些什么？"

怎么回事？丽琳为什么用这样的眼光看我？我们不是好好的，难道是做梦？

"昨晚？昨晚我对你做过什么？"

"你还在装，我醒来的时候什么都没穿，连 BRA（文胸）都掉地上了，你是不是侵犯了我？"

我甩甩头，给自己两个耳光，恍然大悟，昨晚我是脱了丽琳的衣服。

我低下头，小声对丽琳说："对不起，昨晚我是做了对不起你的事，但我保证，我会对你负责任的，请你相信我。"

话音刚落，丽琳一拳就打过来。

"你想打就打吧，如果能消除你心中的怨恨，你要怎么处罚我都可以。"

丽琳却哭起来了，骂道："你这个该死的陈朝阳，毁我清白，叫

我以后怎么嫁人。"

原来丽琳以为我对她做了那种事。

我连忙解释说："丽琳，你想到哪去了？我没对你做那个啊，我只是脱了你的衣服。"

为了不刺激她，我把"脱了你的衣服"这几个字说得很轻。

丽琳哪里听得进去？又骂道："你说，你为什么要脱我的衣服？还有，我为什么会在你的房间？陈朝阳，我看你就是禽兽！"

丽琳非常激动，我不敢出声，低着头任她打骂消气。

直到丽琳累了，我才用恳求的语气说："对不起，昨晚我喝得太多了，才做出这样的事，但我真的无意要伤害你，请你相信我的人格，好吗？"

丽琳没反应，我抬起头一看，人都不见了，她去哪里了？

这下糟了，她不会去自寻短见吧？还是去告发我的禽兽行为？

我马上跳下床，跑到客厅，见她坐在沙发上，才松了一口气。

"朝阳。"

丽琳在叫我，语气还很柔和。

"哎，丽琳，昨晚的事，真的很对不起！"

"什么都不用说了，我也有错，我不应该和你喝醉，你过来，我有事和你商量。"

商量？不会叫我做她男朋友吧？心里美滋滋地走过去坐在丽琳身边。

不对，她的眼神不对，我拿起杯子喝了一口水。

丽琳开口了，说："朝阳，我想，我们不能再住在一起了。"

"什么？就因为这事吗？"不知为什么，我有点激动。

"我们都是成年人，感情这事是不能勉强的。"

"可我没和你谈感情啊，我平时说话是幽默了一点，也许说了一些你不爱听的话，你别放在心上。"我试图解释，想继续住在这个家。

"朝阳，我知道你一直都很关心我，我也觉得你是一个不错的租客，也许以后都很难遇到像你这样幽默、风趣的租客，但我还是选择和你说再见。我会给你时间，你找好房子就搬走，希望是尽快。"

我愣住了。

"昨晚的事真的让你做出这样的决定？"

"朝阳，不要再说了，给彼此留下一个美好的回忆。"

你这样说就是在伤害我，还有什么美好的回忆？为什么就不能给我一个留下来的理由，哪怕是骗我的也好！

我正想着，又听见丽琳说："其实我们住在一起也不方便，将来我还要交男朋友。"

总算给了我一个理由。

"我知道了，我会在这周之内搬走。"

彼此沉默了一会儿。

丽琳说："好了，不开心的事就让它过去，朝阳，你去洗脸吧，我给你弄早餐。"

这份早餐包含了多少的感情？也许是这段同居日子以来所有的浓缩吧。

洗漱好之后，我换了正装，平时我在这个家穿得太随便了。

当我坐在餐桌前，丽琳愣了一下，说："朝阳，你怎么了？穿得这么正式，今天可是周末，你要出去吗？"

我点了点头，说："我晚点要出去。"

其实，今天我没有什么安排，只是想出去走走。

"那就先吃早餐吧。"

"谢谢！我不客气了。"

不知怎么的，丽琳今天煎的鸡蛋特别好吃，以前她也煎过一次，很普通，而今天煎的味道真的很特别。

"好吃吗？"丽琳问。

我笑了笑，点点头。

丽琳怎么了？是不舍得我吗？

也许是吧，毕竟我们同居也有好几个月了，虽然平时话题不算很多，但总有一种熟悉的感觉，每次回来，都会有一个熟悉的身影，在等着自己。

今天感觉就像生离死别，我特意慢慢地吃，这个荷包蛋，如果平时，我夹过来一口就把它吃了，可是我今天却使用了刀叉，切成两半，再切两半，一口一口地放进嘴里，这是我在这个家里最难忘的一顿早餐。

荷包蛋吃过了，丽琳又给我盛了一碗白粥，我看了一眼，煳的，这粥能喝吗？可我却二话不说，拿过来大口大口地喝。丽琳没出声，只是看着我吃，看我吃完了才说："还要来一碗吗？"

她当我是猪啊，这么难吃的粥，喂猪都不吃，看来我们开农场真的很合适。

"是不是啊，丽琳，我们开农场怎么样？"

我竟然脱口而出。

丽琳已经猜到我在想什么，笑着说："朝阳，我知道这粥不好吃，你也不用这么踩我，再怎么难吃也不至于开农场让牲畜吃吧，反正以后也没什么机会让你再尝我的手艺，这顿就让你记着我吧。"

看来，她是误会我的意思了，我也不想解释，这样也好，至少我们还能记得对方的不好。

"好了，你吃完了吧，我要收拾碗筷。"丽琳一边说一边过来抢我手上的碗筷，一点情面都不留。我笑了笑，说："这才是我认识的丽琳嘛。"

我的幽默瘾又发作了，说："我搬出这个家之后，不用一个星期，你肯定不习惯，到时想我的话就打电话叫我陪你吧。"

丽琳做了一个鬼脸，说："少臭美！我才不会想你。"

老实说，听了这句话，心里在隐隐作痛。

丽琳见我不出声，又说："怎么？你会很想我吧，有时间可以约我啊，但我只负责陪聊天、喝一点小酒，上床及与性有关的事情就免谈。"

我真的要冒汗了，不用说得这么直截了当嘛。

"我们都是单身，偶尔来一个拥抱，或者法式湿吻也可以嘛。"

"你少来这套，我告诉你啊，陈朝阳，我可是黄花闺女，我和你之间的事如果你敢说出去，就别怪我不客气。"

我马上说："我们之间发生了什么？一夜情吗？"

"别乱说！你和我只是普通的租客与房东的关系。"

我来劲了，说："就这么简单吗？可是我们有过肌肤之亲，是事实。"

"你敢再说，别怪我的美人拳。"丽琳的拳头已经举在半空中。

"别，我怕了你，不说了。"

"你保证，昨晚发生的事，要 DEL，放在回收站都不行，要在回收站再 DEL。"

我只好点头。

我起来拍拍丽琳的肩，说："好了，别担心这些，我不会说的。"但我又贴近她的耳边说："但我们之间真的发生过性关系。"

"陈朝阳，你这个人渣！"

我说完这话已经跑出厨房，丽琳追了出来，我满屋子跑。

我知道刚才那样说，丽琳一定会很激动，这也许是我在这个屋子里的最后一次疯狂，过了今天，一切将回归平静。

　　丽琳拿着锅铲穷追不放，那夸张的样子让我不敢停下来。我们就这样在客厅里你追我赶，始终保持 10 米左右的距离，最后大家都累了，气喘吁吁地停下来。丽琳的手保持着拿锅铲的姿势，我站在对面笑着说："丽琳，你这个样子，就像街上的泼妇。"说完，我就用手机把这个姿势拍了下来。

　　丽琳这个急呵，气急败坏地说："陈朝阳，你有种就保留这张照片，如果发布出去，看我敢不敢将你碎掉！"

　　我故意扬了扬手机，做出要发送出去的动作，说："看啊，我要发出去了。"然后我按了一下键盘。

　　丽琳突然哭了。

　　这下糟了，玩过火了，我赶紧走过去。

　　瞬间，她拿起锅铲就往我头里打。

　　"丽琳，你骗我，玩阴的。"

　　"那又怎样，阴不起吗？"丽琳哈哈笑起来。

　　随即她抢过我手机，大叫："陈朝阳，你……"

　　我也凑过去，说："你看吧，照片上的你多像泼妇，小心以后嫁不出去。"

　　"我嫁不嫁得出去又不用你娶，干吗那么关心我？我知道了，你肯定是喜欢我，帮我照这张照片就是想我嫁不出去，然后你就装作很伟大的样子，对我说'丽琳，如果没人娶你，我委屈一点，我娶你。'陈朝阳，是不是？你心里就是这样想的。"

"厉害厉害，你真是料事如神，连我心里想什么你都知道。"

"那当然，我是谁？我是你的漂亮房东，我告诉你啊，你千万别对我有非分之想，我们是不可能的！"

本来我想说，伟岩已经有女朋友了，我将就着娶你，转念又想，这样太伤人自尊了。

"好了，丽琳，我不跟你玩了，"我拿过手机当着她的面 DEL 了，"昨晚，我们真的没有发生一夜情，你也不用去验孕。"

可能是我说得太直白了，害得丽琳马上用双手护胸。

"郁闷！我说验孕而已，你干吗捂住自己的胸部。"

"我才懒得理你，不知道你在说什么。"丽琳冒出这句话。

我笑了一下，说："好吧，你忙你的去，我出去一会儿。"说完，我就要开门出去，却被丽琳叫住了。

"怎么，这么快就不舍得我？放心好了，我晚上还会回来陪你——睡觉。"

"陈朝阳，我告诉你，不要再提任何与性有关的话题，我是女的耶，你应该尊重一下我。"

我知道不能再开玩笑了，便很正经地点头。

丽琳把车钥匙扔过来，说："开我的车出去吧，但要记得去加油站加油，我可不包油费。"

"哦。"我很平静地答应，内心却很感动。

出门时我又补上一句："记得不要想我啊。"

身后一声振动的回音，是丽琳扔东西过来，幸好我走得快，要不然就惨喽。看来我们是贴错门神，我不自觉摇头笑了。

我开着车在兜圈，现在还这么早，一天的时间怎么打发才好？找伟岩吧，他肯定还在睡觉。

　　我都快成无家可归的人了，找房子吧，脑海里突然蹦出这个想法。我明白了，丽琳把车借给我，就是想让我快点找到房子，这一招真是又绝又妙，一方面让我感动，另一方面又不动声色地赶我走。

　　漫无目的地兜了一会儿风，不自觉想起昨晚在滨江发生的事，那个树杈的后面会不会遗留那对男女的蛛丝马迹？其实更想去打听我昨晚和丽琳在那里的一段小插曲有没有被那个巡保拍成版面然后四处宣扬，虽然我知道这个想法很不切合实际，但还是情不自禁地把车开向滨江的方向，说不定还能碰上一个和我一样情场失意的美女呢。

　　也许还早，路上的车不多，这样开车比较舒心。

　　大白天看滨江，又是另一番景象和感觉。这一段都是带园林的小洋房，如果自己能住在里面多好啊。

　　刚好是红灯，我把车停下来，顺便欣赏这一片风景，可惜以我目前的状况，只有看的份儿，住是不可能的。

　　这条街美女很多，是广州一流的好地方，不能住在这里，来看一下美女也好。看，刚过马路那个女子，背影多迷人。

　　要是她能回眸一笑，该多好啊！哪怕只是一瞬间我就心满意足了。我沉醉于这个美丽的背影，直到后面的车嗶里啪啦的喇叭声乱响，我才回过神来，发动车子，美女一下子就消失在后面，我感到一阵失落。

　　反正今天也是闲着，要不去碰碰哪个美女，看运气如何，如果真能碰上，说不定这就是我的缘分，万一碰不上就当来这里透气看风景。

　　我向那迷人的背影方向开去，到了一个分岔路口，不知如何选择才好。

　　我灵机一动，掏出一个硬币，想好了字向右、花向左，便向空中抛去。

　　路上没有几个看上去让人有欲望的美女，更别说性冲动了，大都是一些打扮高贵的中年妇女拖着小狗、小猫。我靠！难道我要被她们包养，不然我怎么会来这个地方。嗯，想来我的身材还不错，样子也过得去，如果我在这里下车，然后在身上挂上一个牌——卖身求租有钱！

敏仪戴了墨镜从车上下来开门，很酷。不知怎么的，我老是盯着敏仪看，几乎忘记现在是送她老爸去医院。

到了医院，敏仪老爸马上被推进急症室。这时，我感到她内心的无助和彷徨，突然就蹦出想保护她的感觉，我走过去一只手轻轻地搭在她肩上，安慰她说："敏仪，别担心，你爸爸不会有事的。"

虽然是在这种情况下和她接触，但却有一种触电的感觉。也许是因为她穿低胸吊带裙子的缘故，我的手触摸到她嫩滑的肌肤，生理上不觉有所反应，她的肌肤怎么比丽琳还滑？

正当我在胡思乱想，敏仪突然一个转身，"扑通"就靠在我的肩膀上。

我一时反应不及，下半身的膨胀位置刚好与敏仪的下半身隔着衣服亲密接触。

我的脑子怎么了？这是我的错吗？我都要被丽琳赶出家门了，马上就要成为无家可归的人。

医生还没有出来，敏仪很担心，我又安慰她说："没事的，这里是医院，医生会有办法的。"我又含情脉脉地小声说了一句："有我在，你爸爸不会有事的。"

她大概没听清我在说什么，因为医生出来，还来了一个女人。

我听见敏仪叫她"妈"。

这女人穿金戴银的，那样子十足是我在滨江看到的贵妇。

敏仪和她妈妈怎么激动起来了？我连忙走过去，原来医生说伯父是脑瘫，听到这个敏感的医学名词，连我都吓出一身冷汗。

我突然又来了邪念，敏仪老爸是不是包养了好几个二奶？性生活太多，又忙于生意，如果这样，不得脑瘫才怪。况且这么大一栋别墅就他和一个管家住，敏仪和她妈怎么不跟他住？我越想越对这一家人产生兴趣，我真不愧是搞策划的，连这个也要想半天。

我不自觉就上前安慰了她们几句。

敏仪妈妈看了我一眼，说："敏儿，他是谁？"

这女人真是的，看我的眼神一点都不友好，怎么说我也是送你先生来医院的恩人，要不是我，再晚一些送来，后果可能不堪设想！

"妈，他是我朋友，刚才帮忙送爸爸来医院的。"

"你朋友？男朋友吗？"

她的表情也太夸张了，而且还特别强调"男朋友"这三个字，忽然就换了一张面孔，笑容满脸地看着我，和刚才那个一副倦容、神情不友善的样子判若两人。

这也难怪啊，我长得还不错，尤其是眼睛能迷死很多女生，这贵妇喜欢我也不足为奇。

她扭头对敏仪说："这个男朋友不错，敏儿，你的眼光还真有妈的遗传。"

敏仪笑了笑，说："妈，他不是我的男朋友，我们只是普通朋友。"

这话也不知道她妈听到没有，因为伯父的病情开始不稳定，医生冲进病房要做检查，我们只好在走廊里等。

我的电话突然响起来了，是丽琳打来的。

"丽琳，想我了？"我习惯性用挑逗的语言和她说话。

"想你个头，我是想我的车，快点回来吧，我要用车。"

"可是我现在医院。"

"好端端去医院干吗？"丽琳好像有点紧张。

我顺势说："哎哟，我说在医院你就紧张成这个样。"

"朝阳，你是不是搞大哪个女的肚子，陪人家去医院做人流？"

丽琳的想象力怎么比我还丰富。

"是啊，你不但想象力丰富，而且还料事如神，我陈朝阳对你真是佩服得五体投地。"我轻佻地说。

"别装了，快说你去医院干吗？如果没有什么事的话，赶快回来，我下午约了帅哥去喝茶。"

不知道是真是假，我心里难过了好一会儿。

我去洗手间洗了个脸，尽量让自己清醒，望着镜里面的自己，感觉好陌生，这是我吗？陈朝阳，你到底怎么了？居然为了一个女子心烦意乱，我应该恭喜她找到新欢才对。

我用手抹一下脸上的水珠，我知道自己应该离开这里，离开这个家。

回到房间，收拾几件能换洗的衣服，然后"砰"的一声很用力地把门关上。

来到客厅，看见丽琳和钱森也从房间里走了出来。

丽琳看到我手上的衣服，说："朝阳，你……"

"没什么，我现在就去敏仪那里。"我故作轻松，说："丽琳，再见！"

丽琳看着我，说："你就这样走？"

我说："不然你想怎么样？"

"好歹也来个拥抱啊。"

丽琳走过来，轻轻地拥抱了我一下，然后说了几句祝福的话，无非是什么前程似锦、步步高升、找个比她好的女朋友之类的。

上了敏仪的车，我实在没有方向感，心里也没有底，真的去她家吗？

我试探问敏仪："你不怕带一个'色狼'回家吗？"

敏仪的回答却出乎我意料，只听见她说："朝阳，你知道吗？从见到你第一眼起，我就知道我们之间肯定会发生点什么故事。"

"故事？"我没想过事情会是这样发生的，太突然了，就像做梦一样。

敏仪开着车，我心不在焉，不记得她和我说过什么，我只知道她问一句我就回答一句。

我们在一个叫"碧螺居"的高档小区下了车。

我环视了一下这里，全都是一栋栋小别墅。

我看了看敏仪，说："你，住在这里？"

"嗯。"敏仪简单地回应。

敏仪走到保安亭，说："这位是我的朋友，以后他就住在我这里。"

这里哪是我这种习惯了住贫民窟的人住的地方，实在是高攀不起啊，因为我看了看保安那个眼神，明显带有一丝的笑意，他的意思好像是说，我是被敏仪包养的男人。

我跟着敏仪走进她的家，不禁吓了一跳，老实说，我还没见过这么大又装修得这么豪华的房子：复式套房分上下两层，一楼的客厅起码有 50 平米，饭厅也有 10 多平米，另外还有浴室、厨房，外加两个房间，少说也有 180 平米，二层就不知道有多少个房间了。如果和丽琳的二室二厅小套房作对比，就好像是一个城、一个镇。

我内心有点激动，忍不住问："敏仪，这真的是你的家么？"她微笑着点点头，并示意我跟着她走。

我跟着她来到一楼的一个房间，敏仪叫我先把东西放下，我才想起手上还拎着衣服，便把它放下了。

敏仪说："朝阳，以后这里就是你的房间，你自己收拾一下。"

她说完就到楼上房间去了。

我一下子感觉自己的地位提升了，这里可是真正的富人区，我在屋子里四处参观，好像做了一场梦一样。

我对这个房子充满了好奇，刚走到二楼的时候，我看到了一扇房门是虚掩的，天啊，里面的敏仪正背对着我换衣服，我内心的激动加冲动一起迸发，看来这又是一场预谋的结果，和丽琳洗澡忘记关门的一幕是同样的情形。我的思绪已经不受控制了，这又是一片大好的"河山"，这"河山"同样的"壮丽"，我的神经已经处在高度混乱的状态。

这时，我看到敏仪看了一会儿手机，然后快速穿上了衣服，没等我来得及反应，敏仪已经走到我的面前，我心虚得装作四处参观的样子。

敏仪看了我一眼，然后很急地说："朝阳，陪我去一趟医院，爸爸病情加重。"

　　我愣了一下，马上就反应过来，她爸爸今天早上送医院去了。

　　"好。"

　　到了医院，看到病床上的苏伯父身上插着很多管子，旁边站着一个年纪稍长的中年男人，如果没猜错的话，应该就是敏仪说的管家。

　　"陈管家，我爸怎么样？"敏仪急切地问。

　　这时，医生刚好进来，敏仪又很焦急地询问医生，医生没有正面回答，示意她到外面说。

　　没多久，我看见敏仪一屁股坐在走廊的椅子上，她母亲也来了，手上还提着很多东西，见我站在一边，就点点头，没说话。

　　我看到这样的场面，也难受，我是个挺容易伤感的人，特别是看到病人的时候，就会不自觉地想起童年，想起爷爷。当年，爷爷得过一场病之后，身体就开始变差，起初听爸爸说没有什么大碍，我也放心了。但意想不到的是爷爷在几天之后突然去世，当时我特别地难过，也许是自小和爷爷相依为命吧，因为工作的关系，爸爸和妈妈经常出差，在外奔波，很少在家，我童年到中学的岁月几乎都是和爷爷过的。

　　看到敏仪这么伤心，我明白亲情始终是割舍不断的，就算父亲曾经对她多么不好，哪怕是他离开了她和母亲，不管多大的恩怨、矛盾，只要对方有了生命危险，她们就会很紧张，很伤心，这就是亲情！

　　这种情况，我也不知道说什么好，只能在一旁默默给予她支持和力量。

　　"敏仪，没事的。"我也只能这样安慰她。

　　她点点头，靠在我肩膀上。我轻轻叹了一口气，想起昨晚丽琳同样靠在我肩膀上，不知道我的肩膀能否给这两个女子力量？

　　过了好一会儿，敏仪说："谢谢你，朝阳。"

　　她的眼神很真诚。

　　我拍拍她的肩，点了点头，内心有一种满足感，总算让敏仪踏实下来。

　　"我们进去看你爸爸吧。"

一阵百合花的清香，对于这种香味很亲切，我记得那一年爷爷的病床上也插了这种百合花，好多年过去了，这种花香依然是这般的熟悉。

病床上的苏伯父表情安详，听陈管家说病情稳定下来了，知道情况有所好转，我们都为之高兴。

苏伯母忙里忙外的，没闲着。

不多时，陆续有人来看苏伯父。

走出病房，我问敏仪："你对你父亲是什么样的感觉？爱，还是恨？"

敏仪沉默了一会儿，说："他在我心中永远是一个好父亲。"

我明白了，就没再说话。

我的手机突然响了，一阵熟悉的旋律，便知是伟岩打来的，他很紧张地说："朝阳，你在哪？我刚才和姚美在咖啡厅见到丽琳，她和一个男人在一起。"

我没有惊讶，我知道她肯定是和钱森一起，便说："伟岩，我知道了，她的事和我没关系，我现在在医院，敏仪的父亲住院了。"

"哎，朝阳，你说什么，她不是你女朋友吗？你怎么好像一点都不关心似的，还有，你怎么会和敏仪一起，她爸爸住院了，你怎么会过去？"

"伟岩，这事说来有点复杂，其实我和丽琳没有关系的，而且从今天开始我住在敏仪那里。"

"朝阳，你怎么了？听得我一头雾水。"

"一时半会儿我也不知道怎么跟你说。"

"那你和丽琳到底是怎么一回事？怎么说搬就搬，这么突然？而且还搬到敏仪那里去？"

我沉默了一会儿，风马牛不相及地说了一句："伟岩，你和姚美还好吧？"

"我们挺好的啊，你怎么问起这个？"

"没什么，好就行。"

其实我是想知道伟岩到底有没有喜欢过丽琳，但现在看来没必要了，伟岩有了姚美，丽琳也有了钱森，这个结局不错啊。

"朝阳，你真不够哥们儿，你的事我怎么一点都不知情。"

"这个？我也不知道怎么跟你说前因后果。"

沉默了一会儿，伟岩说："那好吧，晚上到酒吧里来，我们喝点酒再好好聊聊。"

"好。"

敏仪走了过来，我说："你父亲还好吧。"

"嗯，病情得到控制了。"

"那就好。"

"朝阳，陪我到外面透透气吧。"

这家医院是在一个小山坡下，很安静，是疗养的好地方。

我们走在起伏不平的小山丘上，敏仪的脚突然扭了一下，差点要摔倒，我忙扶住她，就这一瞬间，我有所触动。

我松开手，当什么事都没有发生过，继续向前走，刚才那一幕，也许只是一个小小的插曲。

走了一段路，敏仪停下来，我看她额头上冒出小汗珠，便拿出纸巾递过去。

敏仪深情地看着我，说："朝阳，谢谢你！"

这句话很熟悉，让我想起了丽琳，记得有一次，我以忘记带钥匙和楼下的自动门失灵为由，央求着丽琳给我开门，终于她受不了我软硬兼施的口水功，走了下来。因为我知道那天是丽琳的生日，之前我曾经答应过她生日那天会给她一个惊喜，所以当丽琳把门打开的时候，我装得很平静地把生日礼物递给她，但她却感动了，对我说了句："朝阳，谢谢你。"

然后，我还得到了一个意外的收获，她情不自禁吻了我，让我兴奋得一个晚上都不能入睡，我还挑逗她说："这个吻印，我得留住。"

丽琳也笑了，然后说："好，我看你怎么留。"

我说："那当然是不外出，就不会流汗；不洗澡，就不会洗掉。"

然后丽琳的那个笑可夸张了。

"你就是会这些馊主意。"

这刻想起了丽琳，但又想到她已经名花有主了——

回到现实，我和敏仪之间没有延续这种雷人的经典回放。

在小山坡上坐了一会儿，天色已经渐渐暗下来。

"天黑了。"敏仪说。

我点点头，说："我们回去吧。"

病床上的伯父呼吸均匀、平和，气色比之前好多了，而苏伯母靠在病床边的椅子上睡着了。

敏仪突然拉着我的手，说："我们走吧，让我妈在这陪着老爸。"

我们去地下车库取车，进了一条通道，这里的灯很暗，突然我看到一个很醒目的指示牌：停尸房。

我拉了拉敏仪，指着那个指示牌，她马上被吓坏了，不顾一切扑向我，把我抱得紧紧的。

大概是心理作用，我总觉得前面有两个人影向我们走过来。敏仪不敢向前看，死死抱住我抖动着脚跟着我向前走。

那两个影子好像越来越近，我自己也紧张起来，呼吸越来越凝重，难道真的是……不会的，不要自己吓自己，镇定！一定要镇定！

我们缓缓向车库的方向挪动。

这时，灯突然亮了，原来我们已经到了停车场。

心里的紧张感顿时消失了。

敏仪也松了一口气。

那两个影子，我看到了，居然是丽琳和钱森，我和她的眼神几乎是同时对视，但丽琳却表现得很平静。

他们走了过来，相互打了招呼。

最后我们彼此都没有说话，丽琳看了看我和敏仪，我能感觉到她的眼里流露出一种让人很难揣摩的表情，是失落吗，还是饱含一份恭喜，还是其他的？我也不知道。我说："丽琳，明天我会把其他的私人东西都清走的，放心好了。"

其实我说这句话只想看丽琳的反应，但她却表现得相当平静，说："好的。"

就这样，我们之间好像成了两个最熟悉的陌生人。

我承认，我已经把失落感表现在脸上，故意在她的面前牵着敏仪的手然后说了句："敏仪，我们走吧。"

但她的表情依然从容，我的内心却难受了起来。

我和敏仪走到了车子的面前，敏仪把车钥匙给了我，说："朝阳，你来开车吧。"

我接过了钥匙，突然又想起了平时和丽琳一起出去的时候基本上都是我来开车，她当乘客，我还是回头看了丽琳，可是，她和钱森已经走得远远的，我想，刚才的戏也就演完了，这也许是个最好的结果吧。

虽然内心不高兴，我也不知道刚才为什么会这样做，纯粹是为了气她吗？我也搞不懂自己究竟在做什么。

我看了看敏仪，她很平静。

在车上，我和敏仪聊了很多。突然间我对敏仪又多了一份金钱以外的好感，我们天南地北地聊，聊着生活，聊着人生，天马行空，反正想到哪儿就聊哪儿，我是刻意地在忘记丽琳，我不想脑海里再次浮现她的影子。

敏仪突然提议去滨江走走，我看了看表，时间也还早，伟岩也未必这么早就到酒吧里去的。

"好。"我把车调了方向，开到滨江去。

也许是我们来的时段不合时宜，还是今天的情侣都换地方了，好不容易才看到一对情侣在依偎，和昨天晚上的热闹相比，逊色了不少。昨天看过去满眼都是吻的吻，做爱的做爱，反正多出格的事都有，因为我记得树杈后面的那对情侣就是这样。

这时，一对情侣走过我们身边，男的说了一句最肉麻最雷人的话："宝贝，今晚我们继续在这里看别人，被刺激吗？"

我不经意地看了看他们，嘿！他还跟我打招呼，好像在说：你们也在这里寻找刺激吧？

我看了一下敏仪，她笑了笑，难道她的脑子里也装着这些坏坏的东西？

看来此地不宜久留。

我怕自己在这里突然有了性冲动，那就不知怎么收拾才好，便找了一个很烂的理由，说："敏仪，我的肚子已经饿得叽里呱啦在叫，我们去吃东西，怎么样？"说完，我拉着她就走。

"好吧，我也有点饿了。"

上了车，我有一种如性发泄后的放松，看来滨江那个情欲禁区还是少去为妙。

敏仪在车上还打趣地说着刚才那个雷人的话题，特别重复了一遍，说："朝阳，你刚才听见没有？"

这句话接下来肯定就是说刚才那件事，我点了一下头，敏仪笑着说："你说，那对情侣的思想是不是有问题，脑子里都是黄色，而且在公众地方，太没素质了，真够雷人的。"

我开了音乐，一曲优美的旋律响起来。

/ Chapter IV 泛黄的日记本 /

这首歌很熟悉，但一时想不起来是什么歌。

敏仪跟着哼了起来。

"敏仪，你喜欢这首歌？"

"嗯，我开车的时候喜欢听这首歌。"

我想起了，丽琳的车里也有这首歌，她也很喜欢听。记得有一次，我和她开车出去，她就听这首歌，我说："丽琳，老掉牙的歌你也喜欢听？"

丽琳不屑地说："你不懂欣赏，这首歌只有懂音乐的人才会欣赏。"

我没理她。

丽琳也就哼起来。

一时间，我有所感触，就问敏仪："这首歌叫什么名字？"

我每次听这首歌都觉得很熟悉，却不知道叫什么名字。

"《风中有朵雨做的云》，孟庭苇唱的。"

"好，我以后会记住的。"

我们在一家高级餐厅门口停下来。

我摸摸自己的口袋，看来今晚要大出血了。

敏仪心情似乎不错，微笑着说："这家餐厅格调高雅，出品的菜式花样多，味道也不错，是吃饭的好地方。"

我也笑着点了一下头，但这笑容绝对是僵硬的，皮笑肉不笑，这里档次是够高了，可我钱包里的几张红牛说不定挥霍一空也不够埋今晚的单。

"敏仪，你看我今天穿成这个样子，要不换一个地方吃吧。"我不知道哪来的借口，只是没有其他办法，就用这招先顶着，也不知道管用不管用。

敏仪斜着眼睛看了看我，说："这衣服挺好啊！"

"要是平时是没有什么问题的，只是来这么高级的餐厅吃饭，就显得有点寒酸了。"

敏仪似乎看不穿我的心思，笑着说："你这么紧张干吗，我们只是来吃饭，又不是出席什么宴会，人家才不管你穿什么呢！"

我突然灵机一动，说："敏仪，你看，那边有一家露天餐厅，人很多，味道一定不错，不如我们也过去试试，凑凑热闹，怎么样？"

敏仪心不在焉，说："朝阳，就这里好了，下车吧。"

看来还是要大伤元气，从明天开始又要吃泡面过日子了。

我就这样跟着她下了车，又跟着她走进这家格调高雅的餐厅，靠！连门口的接待服务生都穿得比我还气派。

服务生很礼貌地带我们进去就座，我一看这光景就知道要给小费，便摸了摸左边口袋，我想应该有零钱吧，可是，搜来搜去却没找到，难道要出动红牛？看来今晚可真要大出血了，思想斗争了一会儿，正准备掏出红牛，敏仪却很爽快地给了服务生小费，我看了一下她，说："敏仪，这怎么能让你给呢？"

"谁给还不一样，你就不用跟我计较这些了，不过今晚这餐就要你做东了。"

听到后面这句，我自知囊中羞涩，艰难地挤出笑容，没办法，以后住的问题还要靠她帮忙解决呢。

"当然，今晚我做东。"

敏仪拿过餐牌，一口气点了好几个菜，听得我都要冒汗。

"好了，我点完了。"敏仪轻松愉快地说。

点那么多，我们两个人吃得完吗？我暗暗地说，谁知道她还没完，又跟服务生说："你让这位先生点，看他还要吃点什么。"

服务员走到我这边，很礼貌地问："先生，请问您还要吃点什么？我们这里的特色菜有……"

"再来一个汤吧。"

我打断她的话，因为她给我介绍的特色菜价钱都不便宜，我哪还有心思听她介绍。

她很快就写好了，又问："还有呢？"

"先点这么多，快点上菜吧。"

"你刚才不是说很饿，怎么才要一个汤？我帮你再点两个吧。"敏仪说。

她又说了几道菜，我赶紧拦住她，说："好了，敏仪，我们只有两个人，点那么多吃不完的，浪费就不好了，节约才是我们中华民族的传统美德。"我用幽默的语气说出了最后那句话。

"那好吧，我们先点这么多，不够再点。"

看着服务员收起餐牌走了，我才松一口气。

为了不让红牛白白溜走，我大开吃戒，敏仪却吃得很少，好像是专门来陪我吃的一样，便说："敏仪，你吃那么少，不合胃口吗？"

她笑了笑，说："我在减肥。"

我嘿嘿笑了笑，她身材那么棒，还减什么肥啊。

"你不吃，那我就埋单喽。"

服务员算好账叫我埋单，"一共四百八。"我打开钱包，正好有五张红牛，我捏了一把汗，幸好没有落到不够钱的尴尬地步，不然连服务员也会投来耻笑的目光，说：哼，没钱就不要来我们这种高级餐厅吃饭！何止是服务员的耻笑，那简直是让人无地自容。这个社会就是这么现实，没钱就会被人奚落，幸好我没有落到如此下场。

准备给钱，敏仪却拦住了，拿出一张白金卡给了服务员。

我愣了一下，说："敏仪，不是说好了这顿我来做东吗？"

敏仪很认真地说："那你把现金给我不就好了？"

原来她想套现，看来我又错了。

"好吧。"我如数掏出红牛递到敏仪手上，她真的拿过去了，突然一笑，说："逗你玩的，这顿我做东。"说完她又把红牛塞回给我。

"敏仪。"

我的手机响了，是伟岩打过来的，我怎么给忘了，今晚约了伟岩。

"伟岩，不好意思，我现在就和敏仪过去。"

到了那条酒吧街，又看见那些可爱的小妖孽了，这次我可是做乘客，可以细细地看个够，这些火辣的小美眉，真是考验了我的眼球。

很快到了伟岩的酒吧，走进去，在舞台中央的表演台里，又有一些特别的表演，劲歌热舞，动感而有活力，可谓艳光四射，自然吸引了在场所有人的目光。

"敏仪，这场表演还不错吧。"我回头和敏仪说话，才发现她不见了。

她不会是去上台表演了吧，我在台上搜索了一遍都没有发现她，这敏仪真是的，跑哪儿去了？

我走出人群堆，一不小心就看见她和一个中年男人在一个角落里有说有笑。

我走了过去，本来只是想和她打声招呼，如果她有朋友在，我就先去找伟岩。

敏仪却跟我介绍说："朝阳，这是莫总，莫杰铭。"

"很高兴认识你，莫总，我是赢广告公司策划陈朝阳。"

我这样说是想引起他的注意，看他对我有没有一点印象，因为我记得那天的提案会议上，他也在场。

莫杰铭想了一会儿，笑了笑，说："我想起来了，你是提案会议上那个小伙子。"

敏仪也趁机说："莫伯父，朝阳可是上进又有能力的后生，你要多多关照他啊。"

莫杰铭笑着拍了拍我的肩膀，说："小伙子年轻有为，伯父会帮你看着他的。"

敏仪和我使了个眼色。

正说着，几个中年男人走了过来，身上一股浓浓的酒味，他们是莫总的朋友，见他们喝得有点醉醺醺的，莫总只好陪他们走了。

"敏仪，你和莫总好像很熟？"

"嗯，他和我父亲是世交。"敏仪轻描淡写地说了一句。

我们进了最里面的 VIP 包间。

伟岩说："我正想打电话给你们，怎么现在才来？"

无意间我看到丽琳和钱森也在里面，还有一大堆男人，我只认出其中一个是阿伟。他们怎么会在这里？

丽琳也看到我了，彼此就点了一下头。

我让敏仪先坐下，然后把伟岩拉了出来。

"伟岩，到底怎么回事？丽琳他们怎么在这里？"

"我下午在电话里不是跟你说了吗？在咖啡厅碰上他们，说晚上过来聚一下。"

奇怪，丽琳是不是知道我今晚会来，想我了？就打这如意算盘，这女人真是的，让人爱也不是，恨也不是。

傍晚才在医院见到他们，这会儿又往这里跑，真搞不懂她在干什么。

我不想再说他们，便说："伟岩，你女朋友呢，怎么不见她？"

"她上洗手间了。"

"伟岩，你也太不够意思了，找了女朋友也不早点跟哥们儿说一声。"

两人聊了一会儿，便回到包间里。

丽琳和敏仪正深情地唱着《美丽的笨女人》，完了，赢来热烈的掌声。

她们一起回到沙发上，我正准备走过去坐在敏仪的旁边，她们却又起来，向门口走去。我拍一下自己的脑袋，这两个女子怎么一下子就变成好姐妹了？

伟岩叫我过去和他们喝酒，我也只好走过去，和阿伟及其他几个男人没主题地喝起酒来。

到了下半场敏仪和丽琳在阿伟的热情邀请下喝酒，敏仪很快就醉了，我知道要开车就不敢多喝。回家的路上敏仪睡得很沉，就像一个安静的小淑女，因为夜深，路上车辆不多，我们很快就回到家了。

到了车库，敏仪还没有醒来，看来，要把美人抱回去了。

这画面怎么就像别人在举行婚礼，男的也是这样抱着新娘，幸好旁边没人，我快速地把敏仪抱进屋里，又一口气抱上二楼。

我轻轻地把敏仪放到床上，突然感到有东西在舔我的脚。

我觉得好痒，就回头撩起脚来看，却单脚站不稳，整个人压在敏仪身上。

我的身体已经贴紧她的胸部，在这紧要关头，我保持了理智，用手撑起自己的身体，我不想乘虚而入。自从那次和丽琳发生过走错房间上错床的事之后，我便知道一定不能再重蹈覆辙。

那只可爱的博美狗还在舔我的脚。

我蹲下来要把它抱走。

但它却挣脱我的手，跑到电脑桌上面去了。

我跟着走过去，准备把它抱出去，免得弄得房间乱七八糟的。

它却和我捉起迷藏来，躲到电脑后面趴下来。

我才没心思和它玩这个，今晚好累，只想快点洗澡睡觉。

我一把捉住博美狗，它的小脚挣扎起来，碰到一个小本子，掉到地上了，我捡起来一看，原来是一个带锁的日记本。敏仪也真够 OUT 的，还用日记本写东西，而且还是这种带锁的，我已经不记得自己多少年没有碰过手写日记本这种玩意了！

一缕阳光照进来，我揉揉眼睛，看见一团毛茸茸的东西在我周围转来转去，我拿过手机一看，原来时候不早了。

正要起来，不由得吓了一跳，这房间好像挺面熟的，而且有迷人的芳香，更让我吃惊的是墙上挂着敏仪的艺术照。

我昨晚肯定是睡错房间了，可是敏仪不在。

我舒了一口气，还好没有和她睡在一起。不对，这明明是敏仪的房间，她怎么可能不在？昨晚我们没发生什么吧？

怎么感觉越想越不对，我迅速穿好上衣，幸好身上的内裤还在，没有光秃秃的和一个女子睡在一起，不然我可不敢担保昨晚有没有发生意外的行为，或者梦游之后做出些什么我也无法控制。

虽说如此，还是找敏仪解释清楚比较好，免得无家可归，就糟了。

我快速来到客厅，人呢？

博美狗也跟着出来，速度比我还快，它跑进饭厅，哦，敏仪也许就在餐厅里弄早餐。

这个可能性很大，因为我已经闻到了一阵麦片的香味，还有鸡蛋味。

看来，住在这里是一件很幸福的事。可是，我还是得跟她解释清楚昨晚的事，不然我又要背上"色狼"的罪名。不对，早上起来的时候，敏仪怎么不大叫，然后把我揪起来，大声地吼道："陈朝阳，你这个大色狼！"

我愣在那里，敏仪从餐厅里走了出来，看着我笑出声来。

"朝阳，你看你，衣服怎么穿成这样？"

我回过神来，看看自己的衣服，扣子扣错了，歪歪斜斜的，我不好意思笑了笑，忙重新整理衣服。看她气定神闲，好像昨晚什么事都没有发生过一样，我也被她搞糊涂了。

"朝阳，你还站在那里做什么，快过来吃早餐啊。"

我点点头，走过去。

早餐已经准备好了，而且还很丰富，看着就想吃。

"朝阳，尝尝我做的这些早点，我可是花了不少心思。"敏仪说。

这话怎么这么熟悉，就像丽琳的处女菜，不会太难吃吧，我上过一次当，这次无论好吃与否我也绝对不会说我包清盘。

我还没动筷子，敏仪又说："朝阳，快尝尝，看合不合你味口？"

我突然想起丽琳说的那句话：朝阳，快尝尝吧，这是我做的处女菜，为了你的健康，这道番茄炒蛋我没有加糖。

敏仪正用期待的眼光看着我，我突然间很感动，说："那我就不客气了。"

我低下头，看见博美狗在我脚下走来走去，时而抬头看看我，也许它也想吃。

"敏仪，这只狗好可爱，它叫什么名字？"

"Jimme。"

敏仪说这个名字的时候，它竟然会有反应，真是聪明的Jimme。

我多想告诉敏仪昨晚是因为Jimme我才会留在你的房间，所以请你千万别误会我的人格，但我最终没有说出口，那就将错就错好了，反正昨晚的事敏仪也没有提，我也不好意思再说这个话题了。

吃过早餐，我想今天最重要的事情就是去丽琳的家里把东西都清走。

"敏仪，谢谢你收留我。"

敏仪灿灿一笑，说："说这个干嘛呢！"

"不管怎么样我也得谢谢你啊。"

"那好吧，我接受你的感谢。"

我忙着收拾房间，Jimme却在那里乱走乱窜，让我重复了N次同样的活，本来有点生气了，不过看它有时候挺听话的份儿还是算了，一叫它，它就停下来，乖乖地站在一边。

房间收拾好了，我想上二楼和敏仪说一声我要出去，刚到门口，却见她在写东西，就是那个带锁的日记本。

原来敏仪真有写日记的习惯。

我敲了敲门，敏仪才反应过来。

"敏仪，我想跟你说一声，我现在去丽琳那边收拾行李。"

说完我就转身下楼。

敏仪走出来叫住我，说："朝阳，等一下，你坐出租车过去也不是很方便，还是我送你过去吧。"

多好的房东！我陈朝阳运气怎么就这么好。

就这样我和敏仪来到了丽琳的家，那是我熟悉的家，好歹也在这里住了几个月，说没有感情是不可能的。

我第一时间进了自己的房间。

怎么回事？房间里的东西，包括床上用品，已经换成了另一个男人的东西。这肯定是钱森的，被子上竟然放着一条男人的内裤。

我搜索着这里会不会也有丽琳的贴身衣物，果然真的有，那长长的头发分明就是丽琳的。

丽琳，我对你实在是太失望了。

敏仪站在房门外，看我在发呆，以为我发生什么事了。

我叫敏仪进来，参观一下我曾经住过的地方。

"还蛮干净的嘛。"敏仪说。

"那是，我一向比较爱干净。"

敏仪看到床上的内裤，说："你的？"

我摇了摇头，说："不是，我从来不穿这种内裤。"

我和敏仪突然就聊起了内裤的色彩学，一边聊一边收拾，东西不算多，很快就打包好了。

"你的行李很简单。"敏仪说。

"我人也比较简单，所以东西就物似主人形。"

敏仪微笑着看我，没有说话。

这个屋子不再属于我了，虽然我有点不舍，但不得不离开。我把钥匙放在客厅的桌子上，留了字条给丽琳，祝福她和钱森在一起永远快乐。

就在关门的那一刹那，我还在祈祷，这一秒钟丽琳会突然出现拉

住我，叫我不要走，那么我很可能会留下，可是不可能了，因为大门已经紧闭。最终，丽琳没有出现，我没有回头，再见了，这个家。

"朝阳，我们走吧。"

记得我刚搬进来的时候和丽琳高谈阔论，天南地北，我想起那张有我大笔一挥而就的八条中国式"同居"契约，想不到才半年，我就这样轻轻地走了。

我真的走了，丽琳，你不用想我。

门"啪"的一声，关掉了，这里的一切将只有回忆。

我们的车又开向那条熟悉的马路上，房子树木在倒退，就如记忆也随之流逝一样。

很快就回到敏仪的小区，把行李拿下来，搬进"新家"。看来今天一定得请敏仪吃饭，红牛是少不了，不过没关系，接下来努力工作就好了。

刚收拾好走出客厅，敏仪在接电话，看样子好像挺急的，原来是苏伯父的病情又开始恶化。

我和敏仪马上下楼取车去医院。

到了医院我又碰到了丽琳，原来是钱森查出一个良性"瘤"，她是和他过来办理住院手续的，那我知道他们昨晚来医院的原因了。

我问候了一下钱森，我就告诉丽琳，说："我今天早上已经去你家里把东西搬出来了，以后我们见面的时间会少很多。"

丽琳没有什么反应，一脸平静，说："钥匙没有多配一套吧？"

她说完这句话，我心都凉了。

便甩了一句："已经物归原主，没有价值的东西我是不会留的，保重！"

丽琳也说了一句："保重。"

我正要转身离开，看见丽琳的眼神有点不妥，似乎有话跟我说。

果然听见她说："朝阳。"我回过头来，"可以陪我走一会儿吗？"

不知怎么的，我没有拒绝她，就和她到了后面的小山丘。

以前我们就像贴错门神，今天却一路沉默地走在起伏不平的小山丘上。到了同样的地点，就是上次敏仪要摔倒的那个位置，丽琳也在这个地方扭了脚，我同样去扶她，手却在不经意间落到了她那柔软的胸部，我不由被这种感觉所震撼。

我不敢停留在这种感觉上，扶好丽琳，连声说对不起。

丽琳不以为然，笑了笑说："朝阳，怎么一下子就变得这么见外了。"

"我是怕你介意，如果不介意的话，我们可以再来一次，怎么样？"我突然开玩笑说。

话音刚话，丽琳沉默了，我知道又说错话了，我不应该在这个时候和她开这种玩笑。

"朝阳，其实我只是想和你说一声抱歉，让你如此匆匆忙忙地搬走，我有点内疚。"

"我明白的，你有你的生活，还有你的男人。"我说最后一句时声音压得很低。

"你明白就好，那没事了，我就想和你说这个事而已。"

丽琳转过身，又说了一句："以后有机会出来喝咖啡。"说完她快步走远了。

我也跟她一前一后地返回医院。

敏仪见我回来，说："朝阳，饿了没？饿了我们就去吃东西。"

我看了看她，这个外表透露出几分平凡的女子，用关爱的眼神看着我，我知道自己对她又多了一些好感，至少目前来说我们相处得轻松、愉快。

我想起了昨晚那家吃人不吐骨头的餐厅，为了眼前的这个好房东，我还是想破费请她吃上一顿好的。

"就去昨晚那家餐厅，怎么样？"

敏仪却一口就拒绝了，说："今天我们换一个地方吃。"

不会是去更高级的餐厅吧，我可请不起。应该不会，敏仪是个善

解人意的女子，她不会割我的肉。

果然，敏仪带我去了那家露天餐厅。

我想起明天还有一个方案必须赶出来，这两天的时间就这样过去了，我得回去工作，明天全力以赴。

"敏仪，这顿饭还好吧，你吃得惯吗？"

"我又没高人一等，怎么会吃不惯，况且这里吃饭的氛围也不错。"

"那就好，以后我们可以多来这里吃。"因为目前我的经济状况只能来这里吃。

回到家，我便回房间忙自己的工作。

Jimme 好像很黏我，我一回来就跟在我身边，但绝对没有骚扰我的意思，见我忙，就安静地趴在一边。

不知道过了多久，我起来松松筋骨，眺望窗外，霓虹灯下的街道一片繁忙的景象，在这个大都市里，我还有这样的栖身之所，真是幸运之极。

我回过头，看了看 Jimme，它也盯着我看，虽然它不会说话，但我觉得和它好像很投缘似的，我把它抱起来，它很享受这种被宠爱的感觉。其实人和动物都是一样的，都喜欢被宠爱。

突然间又想起了丽琳，不知道她现在做什么？钱森的情况又是怎样？我知道她总是嘴硬心软，在我面前总是表现得很坚强，其实她现在也需要别人的关爱。

要不要给她打个电话？

我正想着，听见有人在敲门，我的第一反应是，这个丽琳真是的，还敲什么门，进来就是了，又不是没有进来过，还有两次看到我赤裸着上身呢！

她还在敲门，我想，这丽琳今天怎么了，装什么处女！

"你进来吧，门又没锁。"

回头一看，是敏仪推开门进来了。

我愣住了，是啊，我现在是住在敏仪的家，怎么会以为是丽琳。

敏仪看着我，显得有点不好意思。

我才知道自己赤裸着上身，连忙拿过衣服穿上，说："敏仪，真不好意思，我不知道你要进来。"

"没关系。"敏仪耸一下肩笑着说。

"有事吗？"

"我想跟你说一声我要出去，我约了莫伯父。"

敏仪出去了，我的工作也忙得差不多了，突然想起要给丽琳打电话，就拨通她的电话，响了很久，就是没人接。

我又拨了一次，最后也是那句："您好，您拨打的电话暂时无人接听，请稍候再拨。"

放下电话，我走到客厅，Jimme 也跟着我出来。

这个客厅还真有气派，装修得金碧辉煌，我仰起头看了一下四周，留意到客厅的侧门偏厅里有一幅挂画，手工很精细，应该是出自名家之手，我仔细一看，画中还有一行字：送给最心爱的敏仪。

送给最心爱的敏仪？难不成这幅画是敏仪的男朋友送的？

Jimme 在我脚下转来转去，不时还做出跳跃的姿势，好像对这幅画也感兴趣。

手机突然响起来了，是丽琳打过来的。

我和丽琳在聊，Jimme 在我身边转了一会儿走开了，没多久，听到东西掉下来的声音，好像是从敏仪的房间里传出来的。肯定是Jimme 又调皮地跑到敏仪的房间去了。

我上了二楼，看见那个带锁的日记本掉在地上。

我把日记本捡起来，发现没有上锁，突然有一种冲动，想看看敏仪在这个本子里写些什么，思想斗争了一会儿，最终还是没有打开。

谁知 Jimme 又跳上桌子，一脚把日记本踢到地上。

一张照片从日记本里掉了出来。

这张照片已经有点泛黄，是一张双人合照，其中一个是敏仪，另一个是一个男人，看样子他们两个很恩爱。

依照片的泛黄程度看来，应该是早期的照片。照片里的男人看上去很年轻，应该是敏仪以前的男朋友。

Jimme 走了过来，我突然闪过一个念头：Jimme 会不会把我当成了照片中的男人？不然它怎么会这么黏我？说不定它就是这个男人留下来的纪念品？

我把照片轻轻地放进日记本里，至于日记本里写些什么，我没有去看，这也许是敏仪心底里的秘密，我不能私自去揭开这个谜底。这样很好，我和敏仪之间就当是一个新认识的朋友。

放好日记本，我关了灯出去。

回到自己的房间，看着窗外的夜色，我能想象得到，客厅里的那幅画上面令人心动的字眼，应该就是照片中的男人所包含的对敏仪真挚的爱情。

第二天，我在睡梦中被闹钟吵醒，闭着眼睛拿过来一按，继续睡。

朦胧中感到不对劲，今天要上班，丽琳怎么不叫醒我，我一下子就清醒过来，拿过手机一看，快 8 点了。

我赶紧爬起来换衣服，走出客厅，准备大喊："丽琳，你这个丫头，干吗不叫醒我，都快迟到了。"

我眼睛转了一下，不对，这哪里是丽琳的家，这是敏仪的家，她又不了解我的上班时间，怎么会把我叫醒。

我正要上去跟敏仪说一声我要去上班了，她却从厨房走了出来，说："朝阳，早啊！"

"敏仪，早。"

敏仪这么早就起来做早餐，不过也没有什么不妥啊，她还换了衣服，难道她也要去上班？那正好，可以坐她的顺风车。

她手里拿着盘子，里面装有吐司面包之类的东西。敏仪真细心，连早餐都为我准备好了，看来我陈朝阳真有福气啊。

"我准备了早餐，过来吃吧，吃完了我们一起出门。"敏仪说。

敏仪心情好像很好，一路上和我有说有笑。

"敏仪，我是去新世界广场，你顺路吗？"

"当然顺路。"

"那真巧，你也在新世界广场附近上班？"

"不是，我去你们公司。"

"去我们公司？"

我是不是没睡醒，听错了，不由又问了一遍："你真的是去新世界广场赢广告公司？"

"是，没错。"

我没再说话。

我有点好奇她去我们公司干吗？到了新世界广场，我说："敏仪，你真的没有走错地方？我要上去了啊。"

敏仪点了一下头，说："你先上去吧，我停好车就上去。"

走进大堂，习惯性看一下挂在墙上的大钟，北京时间八点五十五分，还有五分钟就到上班时间。本来还想等敏仪问清楚再上去的，可是来不及了，再不上去就要迟到。

现在是上班繁忙时间，电梯来得特别慢，我一见它下来，就拼命往里面走，终于进去了，听见外面还有人在喊："等等。"

这声音好熟悉，哦，我们部门总监马杰。

我按住开关，他走了进来，便互相打招呼。

这马杰，说是我们部门总监，其实只是代总监，这个位置最终鹿死谁手目前还不知道，当然了，另一个人选就是我，毕竟我一毕业就在这个公司混，慢慢地凭着自己的努力和源源不断、层出不穷的创意坐上了主管的位置。而他刚来公司不久，应聘的时候虽说是部门总监，但老板私底下跟我说了，如果我能接下飘系列日化品这个项目，说不定总监的位置就轮到我坐了。而这个飘系列的日化品公司就是莫杰铭名牌集团旗下的一个主打品牌，但这个名牌集团的内部关系非常复杂，想拿下这个项目也不是那么容易。

敏仪的父亲和莫总是世交，如果我找敏仪帮忙的话，也许拿下这

个项目就容易多了，但我还是想凭自己的实力去拿，所以也就没有跟敏仪谈太多关于这个项目的事情。

"叮"的一声，电梯到了 10 层，我们公司就是在这里。

不迟不早，刚刚好，卡钟退出我的卡时正好到点。今天我怎么就这么顺呢？先有敏仪的私家车接送，又没迟到，进到办公室还有冲好的香喷喷的咖啡，我知道这是小美女邢心婷为我冲的。

对了，咖啡在，人怎么不在？

/ Chapter V 再遇前任房东 /

我走到创意部办公室，觉得今天好像安静了很多。要是平时，我一走进来美女们都会吵个不停，今天怎么反常了？我只看到设计师杨尚伟坐在自己的位置上，我走过去，问："小尚，怎么不见那帮美女？"

"陈主管，你回来了，她们都去了会议室。"

尚伟是刚从艺术院校毕业的高材生，人看起来特斯文，可是我们部门就是美女多，阴盛阳衰，所以尚伟就成了这帮美女的小臣。

"开会？事先怎么没人告诉我？"

"我也是刚知道，心婷打过电话给你，但你的手机一直打不通。

我拿出手机一看，才知道关机了。

"尚伟，你先到会议室去，帮我把心婷叫过来。"

很快，漂亮的心婷就回到了办公室。

我着急地问："心婷，今天怎么突然开会？"

"我还以为你知道的呢，我打电话给你是想告诉你开会的时间，至于会议的内容，我也不知道。"

"那就奇怪了，谁通知你的？"

"我早上接到老板的电话，他说你的手机打不通，叫我通知你回来后就到会议室去，好像还说了，就是我们飘项目组的人。"

"我知道了。心婷，谢谢你的咖啡。"

"不客气。"心婷微微一笑说。

这个小美女真是越看越有味道，最可爱之处是细心、温柔。

"那你先去会议室吧，我马上就过去。"

我想出去给敏仪打个电话，刚走到前台，就看见她进来了。

彼此便点头打招呼。

"朝阳，我要先去见见你们老板，你带我去，好吗？"敏仪说。

"见我们老板，你找他有事吗？"

敏仪的话让我有点意外，不过我还是带她去了老板的办公室。

"敏仪，这里就是我们老板的办公室，你进去吧，我马上要开会，就不陪你了，你办完事后，在接待室等我一会儿，好吗？"

说完我回头要走，敏仪却一把拉住我，说："朝阳，你和我一起进去吧。"

老板见我和敏仪一起进来，热情得不得了，忙从他的太师椅上起来和敏仪打招呼。

我出于礼貌，也出于下属对老板的尊重，还是叫了一声："马总好！"

我们这个老板，不但是股东，同时也是公司的执行董事兼总经理，全名叫马延。

老板满面春风，说："苏小姐，请坐！小陈，你也不要客气，坐啊。"

老板今天有喜事了？咋就一副春风得意的样子。

我看了一下敏仪，真搞不懂是怎么回事。

老板让我们坐到沙发上，他亲自泡起功夫茶来。

我们一边喝茶一边聊一些无关紧要的话，过了好一会儿也不见他们转入正题。这是怎么回事呢？

我喝了一口茶，把资料放在大腿上，准备跟他们说我要去会议室开会。也许是老板看到我手上资料的缘故，事实上，我也是故意拿出来的，目的就是为了提醒他们：你们是不是想谈这个项目。老板终于把话转入正题，说："苏小姐，我相信你对我们赢公司已经很了解了，其他的我就不多说了，我们来谈谈合作的事情。"

"好。"敏仪说。

我知道了，敏仪是过来与我们公司谈合作的事。这关我什么事？目前我只是负责飘系列的项目方案，他们谈合作，我在这里干吗？

便说："马总，那我先去会议室。"

老板笑着说："小陈，不急，你先坐下，我们现在就是谈这个项目。"

"飘项目？"

老板点一下头，我又看了看敏仪，怎么回事？她不是名牌集团的人啊？其实，我也不知道她是不是，我只知道上次去提案的时候她没在场，而其他的高层都在，那我就断定敏仪应该不是名牌集团的。

只听见敏仪说："马总，让你们公司来为我们名牌旗下的产品飘系列做项目推广，我们绝对有信心。"

敏仪是拍板人？

但我分明看见老板的笑容，那种获得收获之后的喜悦。

我看到了敏仪的另一面，对工作的投入和魄力。

她见我有所疑惑，就给了我一个微笑。

老板笑着对我说："小陈，你是这个项目的负责人，以后要多和苏小姐沟通。"

我还没弄清这是怎么一回事，但我的内心已经兴奋不已。沟通是多么容易的事情，我和敏仪本来就住在一起，这个项目做起来一定事半功倍。

"行。"

当然，我和敏仪谁都不会说"同居"的事。

老板满面春风地在泡茶，飘系列这个项目到手了，他开心，我也高兴，而且我还知道敏仪来我们公司的目的，此时可以说是春风得意。

"苏小姐，我们飘项目组的同事都在会议室，我们过去那边再详谈这个项目的内容和流程。"老板说。

"好啊。"

　　我们讨论有关这个项目的细节，一个小时下来，顺利达成共同合作的目的。

　　合同终于签订了，我暗自高兴，因为我的好事应该临近了。

　　我突然想到一件事，敏仪昨晚不是约了莫总？她可能就是为了这事去找他，所以我们今天才谈得这么顺利。

　　当我再次回到老板的办公室时，我却听到他们不是在谈有关工作的事情，而隐约听见敏仪说："马总，其实我和朝阳沟通很方便，因为我们就住在一起。"

　　"呵呵，原来是这样，反正这个项目就交给小陈了，你们好好合作，至于怎么沟通就是你们年轻人的事了。小陈是一个很不错的年轻人，我是很看好他的。"

　　门是虚掩的，我还是轻轻地敲了两下。

　　老板笑容可掬，对我的态度明显不一样，这得归功于敏仪。

　　我原想把合同放下就出去，可巧敏仪的电话在这个时候响了，她看了一下我就出去了。

　　"小陈啊，你真行，苏小姐可是名牌集团的董事会成员。"

　　什么？敏仪是名牌集团的董事？难怪这个项目进展得这么顺利，真是天助我也！这是不可多得的大客户，老板想对我不好都难。

　　我刚想说什么，敏仪进来了，说："马总，我还有点事，先走了。"

　　"好，苏小姐，那我们就说好了，晚上一起吃饭。"

　　"好。"敏仪很爽快地答应了。

　　我把敏仪送到楼下停车场。

　　"敏仪，原来你就是名牌集团的拍板人，真是让我太惊喜了，不过是惊多过喜。"

　　敏仪笑了笑，没说话。

　　我又一脸正经地说："敏仪，我希望你是真心和我们公司合作，不要因为我们是'同居'关系，而让你做出这样的选择。"

　　话刚出口我就有点后悔了，万一因为这句话，敏仪做出重新考虑，那么我的前途就不能这么平坦了，毕竟合同签订时其中一个条款是可以解约。

"朝阳，你说什么啊？你认为我做事会这么感情用事吗？"敏仪也很认真地说。

我不好意思地抓头，也是，刚才她和马总谈工作如此出色，又怎么会感情用事？我也不要妄自菲薄，我的工作能力也不差，就凭这一点，我想敏仪也会愿意和我合作。

闲聊了一会儿，敏仪就离开了。

我走出大厦，感觉今天的天气特别好，阳光明媚，这是我首次离开丽琳视线的第一天，原来生活同样可以这么美好的。

"唉。"我轻轻地叹了一口气，也许以后很长时间都见不到丽琳了，说不定，她已经慢慢地把我从她的记忆中遗忘了。

我刚这么想，但马上就发现自己错了，丽琳又出现在我的眼前。

她就在对面的马路上，等红灯。

其实，我还不能百分百确定她是丽琳，因为她离我还是有点远的，我只是根据自己的感官感觉来判断。

她正朝我这边走过来。

丽琳怎么也会来这里？不用猜了，等一下问她就好。

她真的是丽琳，我就说嘛，这个女子身上哪一个部位我不清楚？怎么会看错呢。

我走出马路边一点向她挥手。

她也看到我了，显得有点惊讶，嘴巴变成 O 型。

想曹操，曹操就到，我有点兴奋，说："丽琳，怎么在这里也能遇上你，看来我们的缘分指数真高啊！"

"朝阳，你怎么会在这里？"

"我在这里上班的啊。"

"原来你就在这里工作，我怎么一直都不知道。"

"那是因为你不关心我。"

丽琳灿灿一笑，说："呵呵，好像也是。"

"你来这里干吗？"

"我过来有事，怎么，我就不可以来？"

这丫头真有意思，肯定是寂寞想我了，明明就是来找我，嘴里却说不知道我在这边上班，可是我早就告诉她我在这边上班的。

"当然不是，你想我的时候，随时都可以过来。"我坏坏地笑着说。

"少来这套！我是过来找这个公司的，你知道吗？"丽琳给了我一张名片。

"赢广告公司？"

哼，还说不是来找我，你还装蒜，那我就陪你玩一下吧。

"这个公司，好像是知名的4A广告公司，你去干吗？"

"你问这么多干吗？"

"我和这个公司里面的人混得挺熟的，我可以带你上去，但是你先告诉我去那里做什么？"

"去广告公司当然是拍片子做广告啦，这个你也问。"

"哦，我以为你来找我。"我说这句话的声音比较小，也不知道她听到没有，回头看她人都不知去了哪儿。

"朝阳，快点！"

原来她已经到了电梯口。

我跑过去，按了十楼，丽琳笑了笑，说："朝阳，我还没问你，你是在什么公司的？"

看来她有点失忆了。不对，我好像只告诉过她我在广告公司上班，但没跟她说在什么广告公司，她不知道也不足为奇。

"不是告诉过你，我在广告公司上班。"

"是吗？你也在广告公司？"

干嘛这种反应！原来她对我的事一点都不关心，亏我们还"同居"了这么长时间，而且还有过那么多次的亲密接触。

只听见她又说："不知道这个赢广告公司的实力如何，是一个朋友推荐的，我们这个片子挺急的，早知道我就找你好了，至少你的能力我还是信得过的。"

丽琳这么一说，我马上转悲为喜，不过我决定暂时不向她透露我就是赢广告公司的。

"丽琳，你放心好了，赢广告公司是少有的 4A 公司，他们的创意绝对够水准。"

我的话音刚落，丽琳马上一脸的不屑，说："既然你这么肯定，就是说你们广告公司的创意不够好了，那我还是选择赢广告公司好了。"

这丫头真是的。

"叮"的一声，电梯门打开了。

"朝阳，你不用陪我进去了，你公司在几楼？我谈完片子的事情之后，如果有时间就找你吃午饭。"

我没有直接回答她的话，说："没关系，我和这个公司的总监挺熟的，我帮你打通一下关系，方便你和他谈。"

丽琳没再说话，对我笑了笑。

"丽琳，你跟我来就好，我们去创意部谈。"

丽琳愣了一下，没说话，跟着我走进去。

"丽琳，到了，这就是创意部的办公室，你先坐一下，我去帮你打通关系。"

"好，谢谢你，朝阳。"

"跟我客气啥？"

我走进自己的办公室，然后叫心婷帮我把丽琳带进来。

丽琳进来见到我，显然是一脸读不懂的表情。

"坐吧，丽琳，你不用这样看着我。"

丽琳还是不愿意相信，我就是赢广告公司创意部的负责人。

我又补充了一句："我就是赢广告公司创意部的负责人，你一点都不关心我，拍片子这么重要的事情都没有想起我。"

丽琳显得有点不好意思。

回头想想，我好像也不知道丽琳在哪个公司，我只知道她是在一家很有影响力的化妆品公司上班而已。

"丽琳，你今天很漂亮。"我一时找不到话题就先说了这个。

丽琳笑了笑，说："你的意思是说我平时就不漂亮了？"

"当然不是，只是你今天容光焕发，特别漂亮，是不是见到我高兴啊。"

"呵呵，是啊，就是因为见到你，我变漂亮了。"

我们就这样聊了起来。

丽琳就坐在我对面，她不时呵呵地笑，我看着她感觉特别舒服。突然，我看到她水灵灵的眼睛旁边好像有一点黑色的脏东西，我起来走过去，一把抱住她的肩。

丽琳吃了一惊，以为我要怎么着她似的，做了一个准备要大叫的态势，这还了得，传出去我岂不成了"办公室色狼"。

我忙捂住她的嘴，说："你的眼角有脏东西，我想帮你弄掉而已。"

丽琳挣开我的手，说："你说出来我自己弄就好了嘛。"

她说这话时语气很软。

我小声地在她耳边说："这些事情我愿意代劳。"

我看丽琳没再反抗，就顺手摸了一下她的脸，依然那么滑。

"好了，丽琳，我们还是说正事，你找我们公司拍什么片子？"

"是我们公司的一个新产品——雅荡细致肌肤护理专家这个套装的广告片子。"

"你们这个产品的主要目标消费人群是哪些？"

"20 到 35 岁的女士，以白领为主。"

"你用过这个产品吗？效果怎么样？"

"效果，你刚才摸我的脸时没有感觉出来吗？"

原来她知道我故意摸她的脸。

"很滑，看来效果不错啊，你的肌肤比你的年龄要年轻好几岁。"

"那当然，我做的产品能不好吗？不好我也不会用。"

"我觉得这条片子的广告，女主角的最佳人选就是你了。"

"我？真的吗？朝阳，你觉得我真的可以吗？"

丽琳此时的语气可以说软得让我对她心动，更让我想对她胡作非为。

"当然，你本来就有一种清纯脱俗的美，做护肤品广告一定很上镜。"

就在这时，丽琳做了一个让我始料不及的举动，她竟然过来吻了我一下，令我的冲动又一次要爆发。

我有些激动，说："丽琳，你这是报答我吗？还是对我余情未了？"我带着冲动，又带着挑逗的语气说。

丽琳好像还陶醉在我刚才的赞美中，一点反应都没有，女人是怎么回事，就那么喜欢被赞美？

过了好一会儿，丽琳才回过神来，看着我诡秘地说："朝阳，那这个片子就麻烦你了。"

丽琳就这么被我赞美一下，连项目都给我做了，实在是太划算了。

"丽琳，你确定给我做啦？"

"你是个能干的人，我早就看出来了。"

"既然你对我这么有信心，我一定不会辜负你的期望，给你一个完美的片子。"

"我一直都相信你的能力。"

丽琳也说得我心里美滋滋的，一时兴起，又说："丽琳，我现在不和你'同居'了，你习惯吗？"

丽琳沉默了一会儿，很快就恢复了正常，说："有什么不习惯的，而且有钱森在。"

对啊，我怎么就没想到丽琳家里还藏着一个男人呢，我的脸一下子就沉下来。

丽琳也不认输，说："那你呢，和敏仪'同居'，有没有发生什么

关系？"

"关系哪有这么容易发生，我和你在一起住了那么久，也没发生什么关系啊。"

丽琳笑了一下，没出声。

"丽琳，你摆几个 pose 给我看看。"

丽琳马上站起来，摆了几个姿势，说："怎么样？还行吧。"

丽琳摆出芙蓉姐姐的经典 S 型停在那里，看着她挺拔的胸部，还有婀娜多姿的玲珑曲线，我多想走过去一把抱着这个小妖精，然后来一段浪漫的音乐，我们就这样迈动起浪漫的舞步啊！

幸福！浪漫！

"丽琳，是吗？"

"朝阳，你在说什么，我摆这个 S 型好累的，你看这个行吗？对你的创作有没有灵感？"

我不知不觉把这个浪漫的片段说了出来。

"丽琳，你再多摆一会儿，我要在你的手上放一瓶护肤品。"

我认真地琢磨这个造型，好像总是少了点什么似的。

"朝阳，好了吗？我很累。"

"丽琳，我在找突破口，你再忍耐一下。"

对了，把它放在丽琳的胸前，来一段擦一擦的效果，如何？

主意已定，我走过去扶起丽琳，她的身材真好！

"喂，朝阳，你好像搂了我很久了。"

"对不起，丽琳，我在找感觉。"

"那你找准了没有？"

丽琳这样一说让我有更大胆的想法，我坏坏地说："我想摸一下你的胸部，看看你那里的肌肤如何？"

话刚说完，一个美人拳就打了过来。

"叫你找感觉，你就想色我！"

但丽琳很快就知错了，说："对不起，朝阳，我是一时手快，那你摸吧，找感觉要紧，但你要保证这个片子的女主角是我。"

我知道了，原来丽琳这个丫头宁可出卖自己的肉体也要换来广告的女主角，这个社会就是这么现实。我心里暗自高兴，因为接下来我可以名正言顺地去触摸丽琳那让男人浮想联翩的胸部了。

就这样，我走了过去，突然觉得自己以工作的名义来做这样的事情，特别有满足感。在这样的场合，丽琳是自愿的，我的手伸过去，轻轻地去触摸她那对挺而大、圆滑而又富有弹性的胸部。

丽琳笑了一下，说："怎么样？这个片子的灵感，你想到什么样的创意方案没有？"

看着丽琳这副急性子，我在想，是不是还可以进一步要求丽琳做些只有男女朋友之间才会做的事。

但很快我就DEL了这个想法，因为这个时候心婷走了进来。如果她再早一点来，那么我刚才的行为就会被她尽收眼底，作为即将上任的总监，让下属看到上司这样的行为，会有什么样的想法？而且女孩子都是天生的八卦，这事肯定很快就会被传出去的。

一想到这些，刚才所谓的对丽琳进一步的想法通通在脑海里DEL掉。

心婷看我们在谈话，有点不好意思。

"心婷，愣在那里做什么。"

"陈主管，我是想跟你说，我下午要请假，请你审批的。"

就这么点事情坏了我的好事，本来是有点生气的，但看她也是个不错的小美人，不和她计较了，而且最主要的是每天早上都能品尝到她的香浓爱心咖啡，就更不能怪她了。

"好的，没问题。"

心婷开心地走了出去。

丽琳看着我，说："你对下属还真通情达理，是不是因为她是小美女啊。"

这样都被她看穿，可我还是要装得跟没事人一样，说："丽琳，

你在和我说话吗？我一直都在想创意的事。"

丽琳马上换了一个笑脸，说："真的吗？那你想到什么好的创意没有？"

我就知道她只关心这个，让我一点幻想的空间都没有。

"丽琳，灵感是有了，但是这个灵感的实现需要你全程配合，你有没有问题？"

"OK！"

"那我给你示范这个片子最终的创意效果，你要认真听，并配合做动作。"

丽琳娇滴滴地说："如果我的动作做得不够完美，你要指导我啊。"

我走近丽琳，准备跟她说这个创意构思的大概想法。

"丽琳，这个创意就是带给顾客强烈的眼球冲击力，你们所做的品牌主打产品是雅荡保湿霜，主要的效果是全身保湿，对吗？"

"对啊，这个雅荡产品的保湿效果可以持续一整天，而且不油不沾灰，12个小时内感觉就像沐浴后的清爽。"

"我的这个创意是特别为你这个产品量身定做的，我先给你描绘一个画面：一个美女淋浴后，水汪汪的样子，出水芙蓉般的清新，然后定格一瓶产品在身上擦拭的效果，打出 LOGO，雅荡保湿霜，配上旁白，雅荡保湿霜，保湿持续一整天，你还等什么，快来做一个清新小丽人。"

我的话音刚落，丽琳就拍手连声称好。

到了午饭时间，我带丽琳到一家水煮鱼做得很棒的馆子，两人就开始聊关于水煮鱼的多种做法。丽琳把自己的私人秘方也拿出来说，但我记得她做鱼是从来不放姜的，怎么好吃都是空谈。可不知道为什么，这个时候的我却听得津津有味，也许是因为想到以后也没有什么机会再吃丽琳做水煮鱼的缘故，她在说，我就一直在点头。

丽琳突然说了一句："朝阳，你一直鼓励我做菜，改天我做一道比这个水煮鱼味道更好的让你试试。"

听了这句话，我知道自己错了，我想起那道番茄炒蛋不放糖，让我吃得眼泪都要掉下来，还要被逼吃得光光。

我赶紧转移话题，说："丽琳，快吃，这个鱼鲜，要趁热吃，不然一会儿凉了就不好吃了。"

我拿勺子捞出大块大块的鱼往丽琳碗里放，因为我实在是不想她再提起关于我试菜做小白鼠的事情。

幸好，我为自己救驾及时，不用再做她的小白鼠。心里也松了一口气。

可我错了，丽琳却一边吃一边评价这个鱼做得不怎么样，说着，又回到原来的话题，只听见她说："朝阳，刚才我们还没说完，你什么时候有空就告诉我，我得准备材料做一道正宗的水煮鱼让你尝尝。"

我的思绪一下子就被她搞乱了，真不知如何回答这个问题，可是我又不能拒绝她，不然她一定伤心死了。

我有办法了。

"丽琳，不如改天，我和敏仪一起去你家，还有钱森，我们一起下厨，每人做一道菜，怎么样？"

这样就算做得多难吃，也有四个人来分摊责任，我为自己这个想法暗自高兴。

"那好吧，既然你都这么说，我原想先做给你吃，不过这样也好，可以试试你们的手艺，但我怕吃不下去。"

"算你有自知之明，知道自己做菜不好吃，算了，我不打击你。"

"当然，我们都是业余的，而你是专业级的啊。"

丽琳开心一笑。

吃完饭，我们又返回公司。

"叮"的一声，电梯门开了。

马杰正在等电梯，见我和丽琳出来，他们相互对视了一下。

他们的神情，更多的是惊喜。

马杰先开口了，说："丽琳！"

"马杰？"

他们两个认识？而且就像多年不见的朋友突然见面的那种惊喜。

他们不会是同学吧，从年龄上说，马杰和我差不多，那么也就比丽琳大个两三岁，他们以前是男女朋友？

我在猜想他们的关系而不得其解，回过头来，马杰和丽琳连影儿都没了。我只好往办公室里走，经过接待室时，看到他们了，丽琳和马杰好像聊得很开心，没有留意我在门口，我站了一会儿，回到创意部办公室。

坐在自己的位置上，觉得没劲，想想还是找点别的事情来做，以冲去心中的烦躁。对了，名牌集团的飘项目，我得把全盘计划做出来。说做就做，这是我对工作的热忱，很快我所有的心思都放在这个工作计划上，以至于有人进来，我都全然不知道。

一阵香水味慢慢侵袭我的鼻子，我才感觉到有人进了我的办公室，不，准确来说是一个女人进了我的办公室，因为只有女人才会用这种充满诱惑力的香水。

我慢慢地抬起头，看见了这个女人。

是丽琳。我愣了一下，说："丽琳，你进来怎么没声音？"

"我有敲门的啊，还敲了好久，但是你没有反应，我就推门进来了，看你在专心工作就没有打扰你。"

"原来是这样啊，你进来了跟我打声招呼嘛，怎么可以冷落了你，况且这绝对不是我的作风。"

丽琳笑了，说："真的吗？"

"这难道还有假？"

两人不禁哈哈笑起来。

我想起以前丽琳进我的房间，她都是习惯性不请自进的，不知此时的丽琳是不是因为想起这些，才笑得这么开心。

我的脑海突然闪过马杰，就问："丽琳，你认识马杰？"

"是啊，你不知道有多巧合，竟然在这里见到马杰学长。"

丽琳说到马杰这个名字的时候好像特别兴奋，那样子一点都不比见到周杰伦逊色。

我不屑地点了点头，不就见到学长嘛，有这么兴奋吗？也许我真的体会不到她内心的这种少女情怀吧，说不定他是她的梦中情人。

丽琳好像突然来了兴致，在那里大说特说马杰，还说读书的时候有个女生暗恋马杰……

我真有点受不了她这种滔滔不绝，打断她的话说："丽琳，你不是要当广告片中的女主角吗？我们谈正经事。"

丽琳一听到女主角这个字眼，马上停止刚才的话题。

我就说嘛，女人对于明星梦的关注度肯定比爱情还强。

"丽琳，早上我们不是说到主打产品由唇之密语做主打吗？当中的男女主角由我们两个 KISS 来激发消费者，特别是激发情侣消费者的购买冲动。这样我们既有明确的定位，又有目标人群，肯定能把品牌的形象提升到一个新的高度。"

丽琳沉默了一会儿，说："这个点子好像也不错。"

马杰不知道什么时候来了，站在门外，一口就否定我的这个创意。

马杰走了进来，发表自己的意见，说："这个想法虽然很有卖点和张力，可是现在这个社会不是讲和谐吗？这类片子一定会被大众抨击的，还有可能被列入禁播的黑名单里。"

其实，对于这个广告我心里早就知道行不通，可是我想和丽琳来个身体接触，最主要的是和她来个非常有深度的 KISS。

当然，在丽琳的面前我怎么可以说出心里的真实想法呢？

"对了，讲和谐，我怎么就忘记这么关键的一个问题。"

这时，马杰占了上风，丽琳马上向他投去崇拜的眼神。

马杰接着说："所以这个创意还是从长计议，如果欢迎的话，我想加入你们一起讨论。"

他话音刚落，丽琳就高兴地说："真的吗？"

"那就要看你们欢不欢迎我。"

丽琳马上说："当然欢迎啊。"

这一招肯定是马杰这个家伙的预谋，难道他想接近丽琳？

我不得不说："当然好了，三个臭皮匠胜过诸葛亮。"

丽琳显得很高兴，和马杰你一言我一语地讨论起来。

当然，我也会在适当的时候插上一两句，说重点的，慢慢地，我们的创意就出来了。

讨论到最后，丽琳终于放弃了马杰的想法，而站在我这边。

马杰始终把产品的卖点摆在重要位置，而忽略了人的情感纽带，因为我对化妆品行业还是有一定的了解，产品的效果一定要用对比和示范来做卖点，单单把产品的功能展示出来，就算多好的产品也不能迎合消费者的口味。现在的化妆品多而滥，虽然我不用，但我知道如果一个产品生硬地放在广告里，消费者是不会埋单的，对于大行情的东西我还是比较了解的。

丽琳最终不支持马杰还有一个重要的原因，就是她会失去当广告片中女主角的机会，只有我的创意能让她露个脸儿，所以最终 PK 的结果当然是我的创意胜出了。

这个创意经过反复修改，主打产品最终敲定雅荡保湿霜。

广告的创意内容是：画面，以一段极其自然的音乐，慢慢地走出来一个女人，穿着一件低胸的舞裙，性感而妩媚，她身上散发出一种很浓的女人味，这个女人带出一段华丽的舞姿，跳到最后画面定格在她的脸部，然后慢慢地定格在胸部，依然干爽自然，最后定格在一瓶产品在身上擦拭的效果，打出 LOGO：雅荡保湿霜。配上旁白：雅荡保湿霜，保湿持续一整天，你还等什么，快来做个清新小丽人。

这个创意我们讨论到最后一致通过，马杰还说了一句特有意思的话："朝阳，我甘拜下风，想不到你比我更了解丽琳。"

我笑了笑，马杰当然不知道我和丽琳是什么关系，我们可是"同居"了大半年，还亲密接触过，这样的事情，你身为学长又怎么能体会得到呢？

我给丽琳使了个眼色。

丽琳当然不知道我内心的真正想法，她正为自己能成为片中的女主角而高兴，至于我，只因她高兴我就高兴罢了。

马杰过来拍了拍我的肩膀，说："朝阳，你真行！以后我们多切磋。"

丽琳出去接电话，马杰也有其他事情忙去了。

过了好一会儿，丽琳回来说："朝阳，今天我们就讨论到这里，我有点事，先走了。"

我继续工作，把这个创意的内容脚本整理出来。

晚饭的时候，我和敏仪来到了老板预定的酒店。

进了包间，看到老板已经坐在里面，但身边还有一个年轻的女子，她是老板的情人？

老板见我们进来，说："苏小姐、小陈，你们站在门口干吗？进来坐啊。"

我们过去坐下，老板自个儿就先介绍那个年轻的女子，说："她是熙晴，叫她小晴好了。"

小晴？小蜜还差不多。嘴里却很礼貌地说："小晴，很美的名字，人如其名啊。"

小晴笑了一下，在这样的场合，多赞美老板身边的女人说不定是会有收获的。

老板和敏仪聊得正投入。

我斜着眼睛看小晴，还真的漂亮，只可惜这么清纯的脸蛋，就这样被糟蹋了。

小晴似乎对我也有好感，不时向我这边看过来，还和我说起话来。

"朝阳，听马老板说你是公司的重臣，今天我可是见到你的真人了，不但人聪明，而且还很帅。"

没过多久，又进来一男一女，男的是中年人，女的也是年轻美貌，他们分别坐在老板和小晴的旁边，后来我才知道那个中年男人和小晴才是情人关系，而那个打扮得非常时尚的女子才是老板的情人。

这时，我听到一个熟悉的声音，是丽琳！

我向门口一看，真的是她。

丽琳是不是走错地方了，她怎么会出现在这里？不对，她身边还有一个和老板差不多年纪的男人。

这是怎么回事？难道这个男人是丽琳的新男友？

从年纪和相貌上看，他哪能配得上丽琳？一脸的胡碴儿，满脸的皱纹，丽琳不会是看上他的成熟，还有他的男人味吧？

很快，我知道这纯粹是我的猜测，根本就不是这么一回事。因为这个男人和老板打完招呼后，介绍丽琳是他的秘书，我的心情马上就开朗起来，原来丽琳和这个男人只是工作关系。

丽琳坐在我的对面靠近小晴和敏仪的位置上，几个女人就聊了起来。

老板先说了一些恭维的话，无非就是合作愉快，今晚不醉无归之类的。

老板有意要提拔我，在众多人面前为我说了不少好话，我很开心，起来敬大家一杯，这时我留意到在场的美女们真能喝，满满一杯酒，她们一口气就喝下去了。

老板今晚话题特别多，一个接一个，又不断向大家敬酒，看他红光满面地举着酒杯，说："苏小姐，祝我们以后合作的项目越来越多，还有啊，你要多和小陈沟通，这个大项目就看你们俩了。"

我特意看了一下丽琳，也许因为敏仪在场的原因，她今晚的笑容特别的迷人。

在推杯换盏中，我才知道在场的一个个老板，都是市内有名的公司老总，难怪这些美女们会甘愿做他们的情人，我也绝对相信这是一个情色交易的金钱场合，有钱啥都有；没钱，没门儿！

到了尾声，老板似乎有些醉意，说话没之前清晰，我知道自己今晚要当司机，就不敢多喝，幸好其他老板都有司机，喝醉了也没多大关系。倒是丽琳在后半场表现得极其兴奋，喝酒的量令人为她担心，自然赢得了大家的喝彩声。敏仪也是喝酒的料，不过看她那个样子，

有点醉醺醺的。

小晴看来真的好纯，如果不知道她和陈老板的关系，不管去到哪，谁都相信她是一个纯洁的学生妹妹。在这场饭局中，她只是小口小口地喝一点点，只有和我敬酒的那一杯，算是破纪录了，喝了小半杯。这个举动绝对让我觉得她对我有极大的好感，但我的眼神始终不敢往她的身上看，我知道别人的女人最好不要碰，尤其是在座的老板的女人，更不能有任何非分之想，此时的我，就是要用理智战胜一切。

丽琳这个丫头兴奋得很，我看到那个胡总趁着醉意抱住丽琳，她竟然一点反抗的意识都没有，难道她也沦为被包养的行列了？

女人为了金钱都可以出卖肉体吗？我的视线依然没有离开过丽琳，我想看她究竟怎么周旋于老板们的拥抱之中。

可是，丽琳不知道是真醉还是假醉，这个老板在拥抱她，那个老板也趁机摸一下她的腰。不行，我怎么能看着丽琳这样被占便宜，似乎有一种使命驱使我走过去。

我以敬胡总一杯为借口，走到陈老板身边，他不得不松开放在丽琳腰上的手。胡总看上去是醉了的样子，却来酒不拒，我又向他敬了一杯，他一把甩开丽琳，站起来拿酒瓶，终于把丽琳这个丫头从火坑里救出来，我这才松了一口气。

可是，我却陪上了喝酒的使命，那个胡总哪里是醉，看我的酒杯没满，就先给我倒满才喝，我也只好一口气把它干掉。

我也感到有些醉意，但我知道在这临危的关头一定要保持清醒，我看胡总应该醉了，就想到一个偷龙转凤的馊主意，说："胡总，你是以大杯来干我的小杯，这对你太不公平了，我也换一个大杯和你干。"

这话也不知他听到还是没听到，反正他是没有什么反应，只是一直说今晚不醉不归，我想百分之百是醉了，马上换了一杯雪碧饮料。

"胡总，来，我以大杯的白酒和你干。"

胡总喝下他那杯真白酒，已经醉倒在桌上，我心想丽琳安全了。

我刚兴奋了一会儿，回过头来一看，不对，敏仪怎么会和其他男然后我把脸扭了过去，故意不看她。

她也跟我急了："跟你玩玩都不行吗，要不真的给你看。"

我当然不相信了，刚才还想着肯定是看不到春光乍泄的景儿了，但说不定看个泳装秀也好，起码也算是欣赏到她的完美身材，直到浴巾扒开了，看到她竟然包得严严实实，比包粽子还夸张，让我全身心都崩溃了。

我也没好气地说："少来这套，我要宽衣解带，要睡觉了啊，麻烦你出去吧。"

我的话音刚落，她笑得更灿烂了，说："要不要我陪睡，我可是免费的。"

我知道她想讨好我，所以也就顺着她的话说："好啊，给钱也行。"

然后她灰溜溜地走出了我的房间。

她以为我还可以玩下去的，谁知我认真了起来，她也不知道怎么应对。

我也没有理会她，坐在电脑前面上网听歌，我在听着一首很轻快的旋律，重复了 N 遍，陶醉于这曲妙曼的旋律中，以至丽琳站在我的面前也没有察觉出。

当旋律停下来的时候，我才听到了几声好像在叹气的声音。

我知道这是她故意让我注意她的存在，我也装作爱理不理的样子，哼着歌曲。

丽琳终于火了，因为她最受不了的是我不理她，和她同居这段时间也基本摸清了她的脾性，软的她不吃就来个硬的，这样她才会服服帖帖的。

想着，自己会心地笑了，我想看接下来她会是怎么样的反应。

她竟然走到我的电脑面前，把歌关掉。

说："你说，是不是漠视我的存在？"

我装得很惊讶的样子。

"丽琳，你怎么在这里，怎么你进来都没声音的。"

"是你在装呆吧，这么陶醉，听什么歌？"

"是一首最近很火爆的歌曲《不是因为寂寞才想你》。"

"我刚听了旋律还不错，帮我下载下来吧，我要用它做铃声。"

"丽琳，你想用这首歌做铃声？我没有听错吧！"

"要不要我再复述一遍，我要用这首歌。"

"这可不是经典的老歌，而是最新的流行音乐，你受得了吗？"

"陈朝阳，你的意思就是说我土老帽儿了，这种歌不适合我是吧？"

"我没有这个意思了，是你自己说你喜欢经典音乐。"

"那我现在想换个口味行不？"

"行，那当然没问题啊，"然后我小声地加了一句，"换口味，你对男人会不会也经常换换口味？"

"陈朝阳，你在说什么？"

这个时候我知道错了，我看到了她的美人拳已经举得老高了，我马上把话锋一转。

"别急嘛，我马上帮你下载。"

"这就得了嘛，这么多话。"

当我把这首歌拷到丽琳的手机上的时候，这个丫头也就心满意足地走开了，连句谢谢都不说一声。

我也试着打她的电话，速度还真快，她竟然还把这首歌换成了手机来电铃声。看来，这就是女人，善变是她们可爱的一面。

我马上把电话挂了，她这个时候又再次出现在我的房间里，我也学着刚才的语气说："不是有些人说过，我用什么铃声碍着你吗，现在还不是用我喜欢的歌，你说，你是不是想以歌来讨好我？"

"朝阳，你怎么这么了解我啊，我就想讨好你怎么了，我有错了吗？"

这下，我也不好再说什么了，但心里还是觉得很有意思，女人说话总是口是心非的。

这个时候，这个饭局中，这个铃声，虽然好久没有听到了，可是我还记得这首歌叫做《不是因为寂寞才想你》，看来是丽琳的电话响了起来。

丽琳已经醉了，哪里还有接电话的本事，我走过去，从她包里拿出手机，是钱森打来的，我正准备接的时候，电话就断了。

手机还在我的手上，我正想回拨过去，钱森又打来了。

我接通电话，他显然听出是我的声音，奇怪，他竟然没有丝毫的惊讶。

"朝阳，是你啊，丽琳怎么不接电话了？"

"她醉了。"我很平淡地说。

"醉了？你们在哪里？"

"我们在酒店吃饭，大家都喝醉了。"

"那要不要我过去？"

"不用，我没事，我会把丽琳送回家。"

"那就麻烦你了。"

"你客气什么。"

挂了电话，我看看丽琳，又看看敏仪，两个女人都醉了。

看来，今晚这个艰巨的任务就非我莫属了。

虽说艰巨，其实也是一个美差，好久没有和丽琳有肌肤之亲了，今晚，机会就摆在眼前，她醉成这样，我想怎么样都行。好事还成双，敏仪也是这个样，我简直可以为所欲为了。

不经意间我看到了小晴，眼里充满了让我接近的欲望，难道她也想加入我的大本营？

我的脑子里有强烈欲望，就是三个一起抱上车，可是我哪有这么多的私欲和精力去调配，看来，我不能让小晴加入了，最重要的一点，我不是那种有钱的大老板，达不到这个条件，万一东窗事发，说不定连小命都不保。

我马上移开小晴的视线，就在这一刹那，我看到她的眼神充满了忧郁，使我的心忐忑不安。

这时，我看到几个长得挺壮实的男人走进来，我的第一反应就是：不会是找我麻烦的吧？我可是没有碰过小晴。我一时僵在那里。

保镖？打手？还是司机？

有一个皮肤黝黑的，我的第一感觉就是打手。是不是因为饭桌上我和小晴眼睛传情的那一过程，被列入了黑名单？看来这一劫，我是难逃了，这类型的壮男，明显是受过特训，想想都有点害怕，要是他们几个一起上，我的小命就不保了。

他们真的向我这边走来。

我已经不敢再看他们。

我知道和金钱美女是不能有任何的感情的，更别说碰了。

看到这几个壮男分头行事的态势，心跳马上加速。

他们已经逼近身边，不会来个全包围吧，可怜我只是单枪匹马。

幸亏他们只是从我的身边走过，带过一阵风，我悬着的心才舒缓过来。

一个女人走了过来，说："快扶荣老板到车上去。"

原来他们是司机。

其他老板也陆续被扶出去，小晴也跟着出去了。

现在就只有我、丽琳、敏仪，还有老板四个人。

这吴江真不够醒目，别人的司机都进来扶老板走了，他怎么还不进来扶我们的老板走？心里正在埋怨，他就进来了。

吴江看了看我，又看了看旁边的敏仪和丽琳，说："陈主管，我帮你送其中一个美女回去吧？"他说的肯定，语气却带有征求我的意思。

吴江跟我说话，眼睛却死死地盯在丽琳身上，准确一点说是盯着丽琳的胸部，也不知道怎么搞的，此时丽琳的胸部看上去特别丰满，也难怪会让这个年轻的小伙子动心。

吴江这个人，看起来挺斯文的，二十多岁，他在公司任职司机也有好长时间了，所以才让他做老板的专职司机。但吴江是个好色的家伙，有一次，我要用车接一个漂亮的模特，事情办完之后，他就一路跟我谈那个模特的身材多诱人，胸脯有多大，屁股看上去多有弹性，还有那双眼睛多淫荡，一看就知道是被包养的小骚货。

我当然不放心让他这个家伙送丽琳回去。

"不用，你把老板安全送回家，你的任务就完成了。"

吴江又看了看我，再看看这两个美女，好像在说：你想一对二？都不分一个给我。

我看他的眼神有点埋怨，说："吴司机，这事我会办好的，你先送老板回去吧。"

吴江终于扶老板出去了，就剩下我、丽琳和敏仪。

我在想怎么把这两个女子弄到车上去，两个一起上，一手一个，左拥右抱，但她们醉成这样子，能让我随手就抱上去吗？这个几率也太低了。

那就背一个抱一个，可是这样多难看，要不就先抱一个出去，再来抱第二个出去，可是又不放心一个在车上，一个在这里，也不行。

正当我无计可施时，突然进来一个人。

"朝阳。"

"马杰？你怎么会在这里？"

"我也是刚陪客户吃完饭，本来都要走了，在门口看到吴江，他说你在里面，可能需要帮忙，我就进来看看。"

"原来如此。"

马杰看了看丽琳和敏仪，说："看来，你真的需要我帮忙，她们醉成这样，你一个人怎么把她们送回去。"

原来你也是有目的的。

看来今晚的美梦要破碎了，这种情况下，我真的没有办法同时拥有这两个女子。我看着敏仪，要不让马杰送她回去吧。

可是，这怎么行，我和敏仪住在一起，如果让他送说得过去吗？

正当我犹豫不决的时候，马杰已经抱起了丽琳，说："朝阳，我

会把丽琳安全送回家的。"

我哑口无言。

敏仪睡得很沉，我开了车内的 CD 机，一首熟悉的旋律，《Yesterday Once More》响起来。

到了小区，敏仪还在睡，我轻轻推了推她，一点反应都没有。

今晚又要抱得美人归了。

我下了车准备抱起敏仪，那个小区保安走了过来，笑容可掬地说："要帮忙不？"

"不用了，我自己能行。"

谁知他还不走开，这让我看到他内心那份躁动的男人情怀。

看他这么热情，我就放下敏仪，和他聊了一会儿，方知他叫方正。

我说你妈真行，给你起了这么有性格的名字。

他也说对自己的名字很满意，他说他妈给他起这个名字的时候，就是想他做人方方正正，不要行差踏错。

方正又说自己是在大学期间去参军，因为家里经济困难，参军结束之后，就没有继续学业，才做保安。

说话间，我对他多了一份好感，不再把他定义为那种混日子的小保安。方正看上去年纪和我差不多，听他刚才介绍才知道竟然比我小好几岁，不容易啊！

我看时间太晚了，就说改天有空再聊。

方正看了看我，说："那还是我帮你把她扶上楼去。"

这次我没有拒绝。

我开了门，Jimme 跑出来对着他大吼，方正吓了一跳，我马上叫住它，它才乖乖地走到一边去。

方正没有进来，把敏仪交给了我。

敏仪依然是昏昏沉沉的，我把她扶到房间，正要转身出去，敏仪却一把抱住了我，喃喃地说："水，我要喝水。"

我慢慢拿开敏仪的手，走出房间去客厅拿敏仪的杯子倒水，

Jimme 突然跳到我面前，我一不留神杯子掉在地上打碎了。

怎么办？这杯子可能是敏仪的定情信物，因为每次看她拿这个杯子喝水的时候，总是在沉思些什么，现在被我打碎了，怎么向她交代？

如果我主动认错，她狠狠地骂我一顿，我心里也会好过些，但是我知道她肯定不会这样。算了，先倒水给她，杯子的事等她醒来再说。

看着敏仪喝水的样子，我想起有一次丽琳病了，我也是这样照顾她，记得她喝得太急，喷了出来，把我的衣服都弄湿了。

对啊，丽琳！马杰应该把她送回家了吧，怎么一个电话都没有？他做事也太没分寸了。

我得马上给他打个电话，我摸了一下自己的口袋，手机呢？

对了，可能是落在车里。

看敏仪又安然地睡了，我总算可以放心了，就让她睡吧，我关了灯走出她的房间。

到了车位，我赶紧拿出手机，有未接来电，却是钱森打来的。

我来不及多思考，马上回拨过去。

"喂，钱森？"

"朝阳，你们还有下半场节目吗？"

钱森这么一说，我知道丽琳肯定没有到家，马杰这个孙子看来真不是什么好东西，我就知道丽琳在他手上肯定会出事的，我怎么就做出这等愚蠢的事！

"喂，朝阳，你怎么不出声？"

我沉思了一会儿，觉得这事还是告诉他比较好。

"饭局早就结束了，丽琳是我的同事送她回去的，他叫马杰，也是丽琳的学长，他们应该早到家了。这是怎么一回事？他们还没到吗？"

"没有，我打丽琳的电话关机了，所以才打给你。"

"不会吧，关机？"

没了，没了，这下真的没了，丽琳的处女之身肯定没有了！

我越想越急，说："钱森，你等一下，我马上打电话给马杰。"

"朝阳，等等，有人在按门铃，我看是不是丽琳回来了。"

我听到钱森穿拖鞋跑出去开门。

我正焦急地等着，一辆车迎面而来。

那辆车就在我的对面停下，走出来两个人，是一男一女，很面熟，虽然这里的灯光不是很光亮，但也足以让我看清楚这两个人的样子。

他们不是小晴和陈老板吗？

怎么就这么巧，他们也住在这里。小晴这个女子也太开放了，竟然送上门，忽然间觉得有一种淡淡的失落感。

我的视线随着小晴在打转，显然她没有留意到我就在她的对面。她扶着陈老板，手直接搂在他那肥胖的小肚腩上。

看来，小晴和陈老板的秘密居所就在这里。

"喂，喂，朝阳，还在吗？"

我好像听见钱森在叫我。

"在。"

"朝阳，不好意思，丽琳已经回来了，我不跟你聊了，改天出来喝酒。"

"哦，她回来就好。"

虽然在跟钱森说话，但我的视线一直没有离开过小晴，我说不准这是什么样的感觉，反正看到她现在这个样子，不知怎么去形容她才好。可我还是不相信她是这种出卖自己身体的女子。在饭局上，她和我对视，那眼神分明充满着寻求爱的信号。她是不是有什么难言之隐或者苦衷？

钱森挂了电话，小晴也从我的视线里消失。

走出停车场，我突然对小晴多了一份好奇心，便走向保安亭。

方正看到了我，笑了笑，说："这么晚了，你还要出去？"

我点点头，回过头说："对了，方正，你认识刚才开奔驰车进来的人吗？"

我想，他在这里做保安也有一年多了，对在这里常住的人应该会
有印象。不过也难说，陈老板都是开车出入这里，也许方正只是认得
车不认得人。

"刚才开奔驰车进来的人？"

我们正聊着，那辆车就开了出来，是陈老板的司机。

"就是这辆车，你认识吗？"

"哦，你是说那个中年男人和那个年轻貌美的女子吧？"

他这么说，就是知道了，看来他是看习惯了这些被包养的实例。
我突然闪过一个念头，方正会不会以为我也是被敏仪包养的男人，看
他那眼神好像就在说我。

方正把头凑到我的耳边，说："那女的是在这里常住，那男的偶
尔会过来，她那么漂亮，应该是被那男的包养了。"

方正这么说，他应该是知道点什么。

我也不知道为什么对小晴的事就这么好奇，我想了解她的过去，
还有她为什么会沦落到被包养的行列。

想到这，心里很不是滋味，看来女人真是尤物，让男人爱，却又
不知怎么去爱。

我怎么变得这么矛盾？我刚离开保安亭，电话就响了，是马杰打
来，说："喂，朝阳，我已经安全送丽琳回家了。"

"哦。"

因为钱森已经跟我说过，丽琳我已经放心了。

"那我们明天见。"

"明天见！"

我怎么了？自从见到小晴之后，对丽琳的关心好像有所减弱了。

丽琳和马杰在那段时间有没有发生什么，我怎么就不担心呢？反
而对小晴的事充满了好奇。

这时，Jimme过来舔我的脚，我的思绪一下子又回到了敏仪身上。
刚才我打碎了她的杯子，她肯定会很生气，我要怎么跟她解释？

思绪好乱，还是马上去洗个热水澡让自己清醒一下吧。

镜子里的我显得疲惫不堪，眼皮也是勉强撑开，我快速洗完澡，就想快点回房睡觉。

我来不及等头发干就上床睡觉了，一夜无梦，酣睡到天亮。

我拿过自己的杯子洗漱，猛然想起昨晚打碎了敏仪的杯子，一会儿得跟她诚恳道个歉。洗漱完毕，看一下时间，才7点钟，也许因为今天没有赖床的缘故，感觉特别的精神。

为敏仪做一次早餐以示我诚意的道歉，下班后再去买一个一模一样的杯子送给她，她应该会感动，因此不再生我的气了。

出了客厅，不见Jimme跟着我，看来它学懒了，没有起来。

敏仪还没起来，我进厨房围了围裙，像模像样地开始做早餐。打开冰箱，里面有鸡蛋、面条和一些速冻品，这些都是简单的食材，我很少下厨，看丽琳平时做饭就知道，想做得好吃也不是那么容易的事。但做这么简单的早餐，也不是很难的事，她咋就做得那么难吃呢，这个女子肯定不是做饭的料，看我的，我出马，哪会有不好吃的理由？

以前都是吃丽琳做的煎鸡蛋，今天试一试自己的煎鸡蛋功力，保准让敏仪吃了还想吃。

我拿出鸡蛋，随便洗刷了平底锅，然后打开煤气，不就煎鸡蛋嘛，多简单的事，难不倒我的。

我放了油，又放了盐，接着就把弄好的鸡蛋倒进锅里，可能是火太大了，才一会儿工夫我就闻到一阵烧焦的味道。

不会吧，第一次煎鸡蛋就打击我的信心。

我赶紧把鸡蛋翻过来，真的烧焦了，原来煎鸡蛋也不是一件容易的事情。

继续努力，我嘴里也跟着哼起来，向前进，向前进……

终于，第二轮煎蛋，煎得金黄金黄的，很有卖相，哈哈，我今天的爱心鸡蛋够有诚意的吧。

我装进碟子，准备拿到桌上去，回头就看见敏仪站在我的面前。

敏仪看着我，笑得很美。

我有点不好意思，说："你起来了，我煎了鸡蛋当早餐，不知道味道如何，你尝尝给点意见。"

敏仪没出声，突然给我一个吻。

这么突如其来的一个吻，让我愣住了，过了好一会儿，我才回过神来，手里的盘子早已被敏仪拿出去了。

我的思绪出现一阵混乱，难道敏仪真的爱上我了？不，是错觉而已。可是这个吻是有湿度和温度的，怎么解释呢？

也许是我想多了，以前丽琳也和我玩过这种接吻的游戏。

记得那次，丽琳因为参加一个美腿比赛，获得了美腿奖，当时她太兴奋了，我就把嘴凑到她耳边，说："女人，别忘记了你对我的答谢。"我刚说完，丽琳就吻了过来。我得到她这样的奖励，当然是因为我有功在先，如果不是我拿了美腿比赛的报名表回来，然后又全程陪着她从初赛到决赛，再到获奖，她哪来这个荣誉奖。虽然这个吻不包含感情因素，但这个吻却和刚才敏仪的吻是一样的强有力，可以说是媲美法式湿吻。

还有一次呢，不是因为兴奋产生的吻，但好像是带有感动成分的吻。

那天我刚接到丽琳的电话，她说正准备回来，刚说到一半我的手机就没电了。我想丽琳也不会有什么重要的事情找我，因此就没有理会她，把手机放在一边充电。真是郁闷，刚插上电，就一个响雷，还伴着闪电，不一会儿就雷雨交加；这天气也变得太快了，刚才还好好的大太阳，现在就雷雨交加，真是比丽琳的脸变得还快。夏天的雷阵雨就是这样，说来就来，这是自然规律，不怪老天爷。

这打雷下雨本来也没什么，但却偏偏突然停电了。

看着窗外的雨好像没有停下来的意思，丽琳肯定没带伞。

她这个人就是这样让人放心不下，就算外面正在下雨，如果不是特别大，她也不愿意带伞，何况今天她出门的时候还是晴天。

　　我看一下时间，她刚才给我电话到现在也有半小时了，应该回来了吧，车库到小区楼下有一段距离，这么大的雨，她跑上来肯定会淋湿的，想到这儿，我就拿着伞去车库等她。

　　我在车库等了一会儿，雨不但没有小，反而越下越大，又过了几分钟，丽琳的车终于出现在我的眼帘。

　　我想给她一个惊喜，就故意走到一个角落里，然后突然跳出来，看她有什么反应，会不会来一个拥抱感谢我？

　　我正高兴，丽琳已经把车停好走出来，在离我不远的地方停下，我看她拿出手机，好长时间没人，她又拨了一次，看来电话求救是没希望了。她把电话握得紧紧的，我知道她肯定是找我，可惜我的电话是处在关机状态，她心里一定在骂我，因为我不小心打喷嚏了，幸好雷雨声很大，她肯定没听见。

　　本来我还想多观察一会儿，心理学的书是这样描写的：一个人在很悲观的时候，突然得到一个意外惊喜，是会做出一些平常不会有的举动的。我在想，我一会儿出现说不定就会得到丽琳的拥抱和吻。

　　丽琳就是急性子，她好像等不及了，把手机往包里一放，然后把包往头顶一放，我知道她就要冲进雨中。这么大的雨都要冲，不感冒才怪，就在她准备起跑的那一刹那，我叫住她，并跳到她的面前，她一脸的惊讶。

　　突然，她又把脸一沉，说："你干吗关机了？"

　　看她这副模样，我就知道我不应该出现，却不得不赔笑说："手机没电，我也没办法。"

　　"没电你不会充电啊？我打爆你的电话都没人接。"

　　"家里也停电了啊。"

　　"咋就这么麻烦。"

　　看她还是有点不高兴，我便逗她，说："来吧，我们一起撑着这把伞。"

　　丽琳看了我一下，好像在说：你是特意为我送伞的吗？

"朝阳，是我错怪你了，你对我真好。"

丽琳真的给了我一个拥抱，是她主动的，我没有强迫。

"丽琳，你知道吗？"

"知道什么？快说。"

"其实我在这里等了你很久，就怕你没有伞。"

丽琳的表情突然又变，我以为她感动了，谁知道她却说了一句史上最让人郁闷的话。

"你是不是也没有伞上不去，才在这里等我？"

我顿时擦了一把汗。

"我和你通电话的时候就告诉你我在家，电话没电，家里又停电，我看雨这么大，怕你摸黑淋雨，才来这里等你，你怎么就这么没良心。"

"真的？你什么时候开始这么关心我。"

"丽琳，我不知道和你说什么好，你竟然这样看我，我很不开心。"

"好了，跟你开玩笑的。"

我还是不想理她，谁知意外的事情就发生了，她凑过嘴来在我脸上吻了一下，说："这个吻就当我向你道歉。"

突然间觉得自己好幸福，这个吻可是有温度和湿度的，而且还强有力。我幻想着一会儿我们两个人共撑一把伞在雨中，就像一对小情人在雨中漫步。

/ Chapter Ⅶ 吻别 /

正当我心里甜滋滋的时候，丽琳却把伞抢过去，说："刚才那个吻就当我报答你的伞。"

真的犹如当头一棒，这女人真是的，幸好我早有准备，牛仔裤后面还有一把伞。

丽琳走了几步又返回来，看到我手上有伞，就奸笑一下走了。

Jimme不知道什么时候走到我身边舔着我的脚，痒痒的，我回过神来，摸摸刚才敏仪吻过之后留下的湿印，看来是我想得太多了。

"朝阳，你愣在那里干什么？还不出来吃早餐，都凉了。"

"哦，我马上就来。"

走到餐桌旁，我看到两个新杯子，看来敏仪已经知道她的杯子被我打碎了，因为她平时习惯用那个瓷杯装牛奶或者开水，今天她却拿了另外两个杯子。

那她为什么没有问起杯子的事？是让我自己招供吗？

"敏仪，对不起。"我看着她手上的杯子，很真诚地说。

"朝阳，怎么一大早就跟我说对不起了。"敏仪一边吃一边说。

"你最心爱的杯子被我不小心打碎了。"

"就这事啊，我还以为是什么大事呢。"

敏仪把嘴里的食物咽下去，又说："这么小的事，你不用放在心上。"

"可是，我见你平时喝水的时候会对着那个杯子发呆，我想它会给你带来一些美好回忆。"

"都过去了，既然杯子已经打碎，也许是天意吧，这样更好啊，我可以从这段记忆中解脱了。"

敏仪这样说我就猜对了，日记本也许和杯子有同样的意义吧？

"敏仪，我今天去买一个一模一样的杯子回来给你。"

"朝阳，真的不用了，就让它过去吧，快吃，早餐都凉了。"

我没再说什么，就吃了一口自己亲手做的煎蛋，可能凉了的原因，味道不是很好，还有一点焦味，没有像敏仪口中所说的那么好吃。

原来煎蛋想做得好吃真的不是那么容易，以前我还老说丽琳做得不好吃。

一个小时很快就过去，8点多了，我得赶快去上班，昨天搭敏仪的车是顺路，今天可是要自己坐车去上班。

今天我也不想坐她的车去上班，主要是因为那个吻，我怕自己会压抑不住这份感情。我知道敏仪在那一刻可能是把我当成了日记本里的男人。那张泛黄的照片，依然可以看得很清楚的轮廓，她的内心应该是放不下这个男人，那个杯子是她对他的回忆。

我看了看敏仪，她好像在想什么。

我站起来，说："敏仪，我要去上班了。"

敏仪这时才回过神来，说："朝阳，我送你吧，这里坐车不方便。"

"你顺路吗？"

"没关系，我先送你。"

到了停车场，敏仪的电话响起来，她接了之后没说两句话，脸色就开始不对劲。是不是发生什么事了？

果然没错，她很快就挂了电话，说："朝阳，不好意思，我要先去一趟医院，我搭你到路口，那里有车可以转乘。"

她这么说，肯定是苏伯父的病情又有变。

"敏仪，是不是你爸爸病情有变？那你先去医院吧，不用管我了，

免得耽误时间。"

"那好吧，我们晚上回来再说。"

看她这么担心，我好想帮她一把，可我又不是医生，最多也只是给她一点安慰。

"敏仪，不要太担心，你爸爸一定会没事的，你去吧，我自己打车就好。"

"那我先走了，你自己小心点。"

"好，有什么事就给我电话。"

敏仪匆匆开着车离开。

走到小区门口，没见到方正在保安亭，本来可以问一下他这里的的士大概停在哪里接客。

算了，还是到马路边等吧，反正时间充裕，再等十分钟也来得及。

等车真是一件让人心烦的事，看着私家车一辆辆经过，就是没有出租车，住在这里咋就连打个车都这么难，看来那些的士司机也知道这里不会有什么生意，才懒得来这里浪费时间等客。

我怎么就没想到这一点，看来刚才真应该坐敏仪的车到路口。

正当我在焦急、烦躁的时候，一辆车在我身边停下，是叫我让路吗？不会吧，我又没挡在路口。

这时，车窗打开了，我往里面一看，小晴？

真的是小晴，虽然她戴了墨镜，但我看到她的脸部轮廓，那个本来就给人感觉很清纯的美女。

我愣了一下，她拿下墨镜和我打招呼，并示意我上她的车。

我看一下时间，很紧凑，最主要是这里打的士确实有困难，我心里有点乱了，不知道上了她的车意味着什么，万一中途杀出一个陈老板就麻烦了。

我还没来得及多想，小晴就开了车门，强行把我拉进车内。

由于惯性的作用，我一下子没坐稳，身体往前倾，手就碰到了小晴的胸部，我心慌意乱，运气怎么就这么好，一碰就碰到那里。

我马上缩回自己的手，非常抱歉地说："对不起！小晴。"

"没关系。"

小晴好像并不介意。

我们相视笑了一下，就那么几秒钟。

我不想再耽误时间，我只想她把我送到路口，然后找个车飞奔公司，不然真的迟到了。

我看一下表，小晴知道我的用意，不等我开口，就发动了车子。

"你是去公司吧，我送你过去。"

盛情难却，我爽快地答应了，其实最主要的是我想了解这个美女。

我发挥自己的口才，很快就知道原来小晴和我是老乡，而且都出生在同一个城市的小镇上，因此小晴对我的好感又加深一层。

另一方面，小晴对我，是未见其人先闻其名。原来，小晴有一次和我们老板一起吃饭，说起自己的家乡多美、多好，邀老板有时间就去那里游玩，老板听了知道我和她是老乡，而且还是同一个城市，就顺理成章提到我，也许当时老板高兴，就在她面前聊了很多关于我的话题。从那时起，她就想见一见我的庐山真面目。

刚好在昨晚的饭局中我们见面了，而且我给她的第一印象不错，所以说我们还是挺有缘的。

叙完旧，小晴说："朝阳，你也住在我们小区，怎么以前我们好像没有碰过面？"

"哦，我是最近才搬来的。"

"你女朋友住在我们小区，我见过她，你现在是搬过来和她同居的吧。"

看来她是误会了敏仪是我的女朋友，也难怪，我和她住在一起，又怎么让别人不去联想呢，但问题是我和她真的只是租客和房东的关系啊。

不知为什么，我却向她试图解释："小晴，你搞错了，我和敏仪只是租客和房东的关系。"

小晴浅浅一笑，没说话，我知道她是不会相信的。是啊，谁会相信一个男的和一个女的住在一起只是这种关系。更何况，我和敏仪的关系在外人看来本来就像男女朋友。

彼此沉默了一会儿，小晴说："朝阳，你会交我这个朋友吗？"

我没料到小晴会问这样的问题。

我肯定地说："当然。"

小晴笑了笑。

很快就到了新世界广场，我下了车，看差不多要到上班时间了，向小晴道了谢就匆匆走进大堂。

回到自己的办公室，我在想：我和小晴之间是不是很自然地会发生一些事情呢？

我看着窗外，喝着心婷冲的咖啡，就呆呆地坐了一个上午，脑海里总是出现小晴说的那句话："朝阳，你会交我这个朋友吗？"

不知道她想表达的是什么意思，难道她想跟我说她是被人包养的女子？已经不是清白的女子，我会不会因此嫌弃她？

推开窗透了一会儿气，给敏仪打了个电话，她告诉我苏伯父的病情已经稳定了，我也就放心了。

午休过后我接到一个陌生的电话，原来是小晴，我整个人就精神起来了。

"喂，朝阳，在干吗呢？"

"小晴，是你啊，你怎么会有我的电话。"

"这还不简单，想要你的电话有很多途径啊。"

我想起来了，早上坐她的车时，她拿过我的电话，原来她是想要我的电话号码，这个女人还真主动，我不自觉在心里笑了一下。

小晴好像跟我心有灵犀，居然问："你在笑什么？"

"哈哈，你怎么知道我笑了！"

这话好像不太妥，她会不会误会我在嘲笑她？我又补充一句说："你的笑容很迷人，会让很多男士感到愉悦。"

听得出来，她听我说完这句话很开心。

"朝阳，下班之后有没有时间？可不可以陪我一下。"

"好的。"

"那我六点左右到你公司楼下等你。"

小晴这么主动约我，除了对我有好感之外，会不会还有更深一层意思？或许是她一时寂寞找我陪她解解闷，还是因为我们是老乡，对我有一份乡情在里面。

也许什么都不是，我们住在同一个小区，是老乡，又是朋友，一起吃顿饭再正常不过了。

小尚敲门进来，给了一个设计方案让我看。

我看了一下，感觉不是特别理想，便说："小尚，我先考虑一下，看有没有要修改的地方。"

这个设计方案其实也不错，就是有一点我觉得不是很满意，不够人性化。这是一个地产的平面创意广告，建筑物在整个画面中占了绝对的比例，有山有水，唯独缺少了人。

我突然想到一个画面：有我，有丽琳，我们的前面有山有水，身后是现代化的建筑，不远处还有一个开心农场。我想起来了，这个画面曾经在我的梦中出现过。

没想到小尚这个构思，让我想起梦中美好的回忆。

我思考了十来分钟，就想到了修改建议。

"小尚，你进来一下。"我拨通了小尚的分机号码。

"你这个构图很美，就是缺少了一点人文氛围，如果再多一些家的感觉，那就完美了。你试一下在画面中加上一对年轻的夫妇和一个小孩子，周围再多一些绿化带，看感觉如何。"

"好的。"

我没有把开心农场的构思说出来，而把它说成绿化带，我想如果把这样的构思告诉他，他会难以理解，怎么会加这样的东西上去？

这个画面真的很美，如果生活能按这样的轨迹去发展那该多好

啊！

真是白天莫说人，夜晚莫说鬼，我正在想曹操，曹操就来了。

"喂，朝阳，在干啥？"

冷不防这个女人就打电话来了。

"嘿，你怎么就会打电话来。"

我很自然就说了这句话。

丽琳语气一变，说："什么？想你了，打电话给你不行吗？"

"你怎么就突然想我了？"

"好歹我们也同居过，陈朝阳，你也太没有良心了吧。"

"哈哈，我也想你呢，你就打电话来了。"

"好了，我们也不用这么客套。朝阳，我的广告片女主角你再帮我揣摩揣摩啊，明天去你公司商谈细节方面的事宜。"

唉，真是让人伤心，原来她不是想我，而是关心她的广告女主角。

我没好气地说："行了，你的事我会放在心上的，如果没什么事我就挂了。"

丽琳听出我不高兴，忙说："你急什么，人家是想今晚请你吃饭呢，肯赏脸吗？"

我心里一万个想答应她，说不定今晚两个人的烛光晚餐会擦出一点火花，问题是我已经答应了小晴，如果再答应她，我怕会出问题，要我在同一时间周旋于两个女子之间，我恐怕应付不来。

"丽琳，不好意思，今晚我还有一个方案要赶出来，明天怎么样？明天我一定有空。"

"既然你这么忙，那就下次再约吧，拜拜。"

看来她以为我是故意拒绝她的，可是我是真的没办法啊。算了，不想这个了，还是工作吧。

我把丽琳的这个广告创意资料拿出来，又看了一遍，突然来了新灵感，我把一些小细节重新修改，加入新的元素，让整个画面的效果更强烈，并把丽琳的造型改了，突显她更清纯的一面，做个真正的清新无汗小丽人。

不错，明天就让丽琳试拍一下看感觉如何。

丽琳这个片子 OK 了，接下来就是敏仪的项目，我要多花点心思和时间来整理，毕竟这关系到我的升职和前途问题。

我正在埋头苦干，小晴就来电话了。

"朝阳，我在你公司楼下，你怎么还没下来？我都等你十分钟了。"

她的声音很甜美，我简直为之一动。

"不好意思，小晴，你已经到了，我一直在工作，忘了看时间。"

"工作要紧，如果你还没完成手头上的工作，不如我上去等你吧。"

"不用，五分钟我就下来。"

"好，一会儿见。"

时间怎么就过得这么快，我没来得及收拾桌面上的东西，就匆匆离开办公室。

小晴的车是红色的，停在大厦正门口，特别醒目。她见我出来就先开了车门，不知道为什么，我有点灰溜溜地钻进了她的车里。

也许是我刚才像做贼一样，小晴一直看着我笑。

她这样看着我，我也感到不好意思，嘿嘿地跟着笑。

"朝阳，我们是先去吃饭，还是你有什么好提议？"

对于吃饭，其实我没有多大的讲究，最主要是口袋里的红牛不多，我想提议去平民餐厅，又怕她吃不惯，毕竟她跟着陈老板进出都是高级餐厅，所以我也不知道怎么提议才好。本来想去上次敏仪带我去的那家餐厅，但想想还是不要了，免得点了鲍参鱼翅我付不起，那就要找地缝儿钻了。

我突然想起一家很有特色的西餐厅，是丽琳带我去的，那里收费不高，环境高雅，名字还特别好听，叫风雅廊，很适合年轻人消费。

记得那次我和丽琳两个人去，点了很多东西吃，埋单的时候居然还不到二百元，真的很划算。而且那里还有一个特点，灯光昏暗，很多情侣在那里搂搂抱抱，多肉麻的情景都有。不过丽琳明着跟我说，

不要动不实际的念头，我们吃好了、吃饱了就走人。

看着别的情侣在温情，我们就在那里干吃，心里多少有点不舒服。

想到这，我便说："小晴，我有一个好地方介绍，是一个朋友告诉我的，听说那家餐厅格调挺不错的，味道也很好。"

我话音刚落，小晴就满口答应了。

一路上，我们有很多话题聊，从学生时代聊到现在，又说了许多人生经历。原来她也是一个有故事的人，虽然年纪轻轻，却把事情想得老远，我看着她，不禁多了几分敬佩之意。

不过当说到陈老板时，她愣了一会儿，没有继续说下去，彼此也就沉默了，一直到风雅廊餐厅。

这家餐厅还有一个更大的亮点，就是中间有舞池，平时一般是22：00之后开放作夜场，表演的节目也丰富多彩，这个噱头吸引了不少男男女女来捧场。但上次我和丽琳来的时候，却没有泡到夜场，吃完饭就匆匆走人。

我和小晴刚找位置坐下，就看到对面坐着的那对小情侣开始不安分了。我看了看小晴，她显然没有看过去，这样还好，不然我也觉得不好意思带她来这种餐厅。

正当我们要点餐时，我看到两个熟悉的身影走了进来，是丽琳和马杰。

他们怎么也来这里？我的眼神有点游离，我很担心丽琳会向我这边看过来，那我真的要找个地缝儿钻进去。

我以工作为由拒绝了丽琳今晚的邀请，如果现在被她看到我和其他女子在吃烛光晚餐，她会怎么想？我马上拿起餐牌，祈祷这一幕不会发生。

终于松了一口气，丽琳和马杰已经找到位置坐下，而且他们的位置还有一个花槽可以挡住视线，相信如果不是特别留意的情况下，丽琳是不会看到我的。

这时，我只想快点把这顿饭吃完，然后走人。

"朝阳，你是不是不舒服？脸色这么差。"小晴突然说。

"是吗？可能是这里太闷热了。"

"那要不要换一个地方？"

"好啊，我们换一个空气好一点的地方。"

"那我们走吧。"小晴说完就起来要走。

我也站起来了。

服务员却走过来，说："先生，我们餐厅是有最低消费的，就算不吃任何东西，但只要坐下喝茶，就算来消费了。"

服务员指了指一个标志牌：凡进本店消费的客人，均最低消费88元。

我们没有反驳的理由。我看了看小晴，她也在看我，都选择了坐下。

"既然来了，我们还是吃点东西吧。"

"嗯。"

小晴在看菜单，我的视线不知不觉就往丽琳那边看，靠！他们怎么亲昵起来了，马杰居然摸丽琳的脸。

我顿时火冒三丈，就想起来走过去。

但我很快就冷静下来，我凭什么过去阻止这一切呢？最主要的问题是我今天对丽琳撒了谎，如果她这个时候看到我在这里，而且身边还有一个小晴，说不定她立即就投入马杰的怀抱里。

对，我要冷静，要忍耐，不然事情就会更糟糕了。

我拿起杯子，把一大杯水都喝下去了。小晴看着我，笑着说："朝阳，你好像真的很口渴，你那个位置是不是很热？我跟你换个位置吧，这个位置比较凉快。"

小晴这番话，明显让我对她多了一些好感，看来她也是一个心地善良的女子，只可惜她是被人包养的小蜜。

"我喝了一大杯水，感觉好多了。"

小晴突然很深沉地看着我，我也看向她，在这一瞬间绝对是触电的，但我很快就转移了自己的视线，我不可以这样，绝对不能对小晴

产生感情。

我承认刚才自己是失去了理智。

我的视线又一次看向丽琳，她和马杰好像聊得很投缘，看她那表情，情深款款地看着马杰，他们两个也许培养出了不浅的感情。

我只想快点吃完这顿饭，免得看着他们憋气，更不想被丽琳看到我和小晴在这里。我知道在这里待的时间越长，出问题的机会越大。

现在正是用餐的高峰期，舞池里突然亮起一束耀眼的灯光，随后一个帅气的男主持人走上舞台。

灯光也随即暗了下来。

主持人用他那独特的嗓音说："今天是'风雅廊'一周年的欢庆日，很高兴今晚有这么多的朋友见证'风雅廊'走过的一周年，我们举办一个特别节目，会抽出一对陌生男女来接受我们的神秘礼物。"

主持人话音刚落，全场一片欢呼。

主持人接着说："为了以示游戏节目的公平性，下面请在场的一位朋友上来帮忙抽签，抽出两张桌子的台号，各派出一个朋友作代表，但一定是一男一女。"

全场再次响起了热烈的掌声，音乐也随即响起。

我和小晴也被这种气氛感染了，随着这个节奏拍起掌来。

主持人说，"有没有哪位朋友想上来抽出这对彼此有缘分的俊男靓女呢？"

很多朋友都举起了手，主持人点了最前面的帅哥上去。

主持人把一个装有台号的小箱子拿到帅哥面前，让他抽出一张台号。

主持人用一种很紧张的语调来调和："紧张的时刻就要来临，谁是我们今晚的幸运男女，接受我们的神秘大礼，现在马上为你揭晓，第一张台号就是 18 号台。"

我们也跟着这种节奏紧张起来。

小晴和我对视了一下，说："朝阳，你说谁会是这对男女主角呢？"

"我也不知道，谁会这么幸运。"

我们都觉得这个游戏挺有意思的。

这时，射灯突然向我们这边照过来，服务员也跟着走过来，说："你们真幸运，第一个幸运台号降临到你们这里，你们打算是先生，还是小姐去接受我们的神秘礼物呢？"

原来我们这张台就是18号，全场的朋友都向我们这边看过来，弄得我和小晴都有点不好意思。

我本来想让小晴去的，但小晴却抢先说："朝阳，你去吧。"

我就这样在众目睽睽之下走上了舞池，重点不是这个，问题是我走上舞池的过程，丽琳一直在盯着我看。

看来，我得好好想想怎么样跟丽琳解释。

我站在舞池上，主持人也把气氛推向了高潮，挑起全场的热情。

"我们的第一位幸运朋友是先生，那么接下来我们就要请一位女士上来，还是老规矩，让我们刚才的帅哥抽出另一张台号，如果没有女士，就再来一次，直到产生结果为止。"

我已经没有心情去想象那份神秘礼物，丽琳的眼神让我感到不安，我担心她会和我绝交，看来跟别人的小蜜一起出去吃饭真的不是一件好事。

正当我胡思乱想时，另一张台号的结果也产生了，是37号台，射灯又向那边照过去，全场的朋友同样向那边看过去。

天啊！不正好是丽琳和马杰坐的那张台吗？

服务员已经走了过去，我看见丽琳也站起来了，全场的热情欢呼已经到了最高潮。

丽琳很快就来到了舞池，她看了我一眼，没有和我打招呼，好像我们真的是陌生人一样。

我以为她会瞪我一眼或者悄悄地骂我几句，那我的心里还好受一点，她现在这样平静，反而让我更不舒服，我知道她肯定生气了。

我所有的激情都回归到了原点，我和她就这样安静地站在那里，

如果灯光是昏暗的还好一些，但射灯偏偏就这样照着我们，引起全场一片尖叫声，"哇！帅哥！美女！帅哥！美女！"

主持人走了过来，说："真是郎才女貌啊，大家想不想看这对有缘的俊男美女给我们跳支舞？"

"想——"全场附和着一片尖叫声说，并响起雷鸣般的掌声。

主持人又转身向着我们，说："我们的观众情绪高涨，看来两位今晚得满足大家的愿望了！"

我当然是很乐意，只是不知道丽琳是怎么想的，如果她在众目睽睽之下一口就拒绝了我，那多没面子。

一曲华尔兹悠扬响起，全场的掌声也再次响起。

丽琳突然很主动地伸出手。

我当然也很绅士地扶住她了。

丽琳的手很软很滑，原来今晚是上天安排的！跳舞，当然就要拥抱了，让我和她这么近距离地接触，实在令人兴奋。这样想着想着，却把对丽琳说谎的事给忘了。

浪漫的音乐令我陶醉，我很自然地把丽琳越拥越紧，几乎把在场的掌声和口哨声抛到了九霄云外。

丽琳看着我微笑，我更加得意起来，突然她却踩了我一脚，但依然微笑着看我，并小声说了声对不起。

看着丽琳这么灿烂的笑容，我想也许她不是故意的吧，正当我在为她找辩护词时，她又来一脚，她穿的可是高跟鞋啊，这下我才知道她是故意的，可我又不好发作，不但如此，还要陪着她笑。

算了，就让她把心中的愤怒发作出来吧，这样总比她不理我好。

音乐停止，热烈的掌声再次响起。突然有人在喊：吻她！吻她！

听到这句话，我内心竟然泛起莫名的激动，这是多难得的机会啊！当众和她接吻我可没什么，反而她也不好拒绝，我可以名正言顺地和她来个法式湿吻，太令人兴奋了，不自觉脸上掠过一丝笑容。

主持人也趁着这个势头，对准麦克风向大家说："我们让这对帅哥美女当众来个深情的拥抱，好不好？"

"拥抱不够，要吻她！"

我内心一阵狂喜，却不经意看到丽琳一脸的平静。

主持人响应大家的要求，对着我们说："在座的朋友热情高涨，要不你们就顺大家的意，今晚的奖品是双份大礼包。"

我当然乐意，丽琳也轻轻点了点头。

主持人顺势说："今晚我们的这对俊男美女，现场为大家表演法式接吻，掌声在哪里？"

掌声立即雷鸣般响起。

"开始，开始，开始……"

我也趁着这个势，一把搂住丽琳，就深情地吻下去。

"哇，好浪漫！"

不知过了多久，高潮渐渐退下。

射灯也暗下来，主持人把礼品拿给我们。

我把自己的那份礼品也给了丽琳，并凑到她耳边说："你的吻很有湿度，我喜欢。"

我说这句话时已经做好准备，我把自己的那份礼物都给了她，她自然没有多余的手挥拳，到时她就会用绝招——高跟鞋。谁知道她竟然什么都没做，还凑在我的耳边说："朝阳，想不到你的吻是这么性感的。"

我非常开心地接受了这份嘉奖。

但我的兴奋度也仅保持了一秒钟就灭掉了，她连招呼都不打一声就下台了，回到马杰的身边。

我也只好回到小晴身边去。

小晴看了看我，笑着说："朝阳，你和丽琳好像挺有缘分。"

"嘿嘿！今天在公众面前做这种糗事实在不太好意思。"

虽然我嘴里这么说，但内心还是有一种莫名的激动，毕竟在众人面前见证了我和她这么有深度的法式湿吻，这个吻足以让我今晚做个

好梦，或许梦回那个开心农场，那该有多好啊！

想到这，不自觉又看向丽琳那边，她也正向我们这边看过来，显然她是聚焦在我和小晴的身上。我愣了一下，看来她也是在留意我的一举一动。

我友好地向她点了点头。

我是不是应该过去和他们打个招呼？这样多尴尬。

"小晴，我想过去和他们打个招呼。"

"好的，我和你一起过去。"

当我和小晴走到他们面前，丽琳显出一丝不易察觉的异样，但很快就平静下来了。

"小晴，你今天和朝阳也来这里用餐，这里的气氛蛮好的。"丽琳嘴甜，她就先开口了。

我和马杰打过招呼，他看了看我，又看了看小晴，这小子肯定是想歪了。

丽琳和小晴好像很投缘似的，一见面就聊个不停，我感觉不太好，就说："丽琳，你说巧不巧，我和小晴竟然是老乡。"

我特意提高音量，让她听到重点。

丽琳果然有些惊讶，说："哦，你们是老乡？"

"是啊，缘分的东西真是奇妙。"小晴接着说。

马杰自然也加入我们的聊天，看来今晚的约会变成了四人行。

大家正聊得起劲，不知为何，小晴的杯子却掉在地上摔碎了。

我愣了一下，想起要给敏仪买杯子。

我看时间也不早了，小晴和丽琳却聊个没完，就打算一个人先走。

丽琳若有所思，小晴也说时候不早，大家都回去好了。

马杰抢着埋单，我总觉得丽琳的眼神有点不对，但又说不准是什么。

走出餐厅，小晴说："朝阳，我看你和丽琳好像有点不对劲，究竟是怎么回事啊？"

我勉强笑了笑，说："我和她是贴错了门神。"

"我看不像，你们像是有感情的。"

"那可能是因为我们曾经同居过。"

"你们同居过？"

小晴有点惊讶。

"我和她同居了大半年，最近才分开的。"

"难怪。"

我抓抓头，笑了笑，没出声。

我们说说笑笑就到了停车场。

"小晴，谢谢你今晚陪我吃饭，我还有点事，先走了，下次再约你。"

我叫了好几辆出租车都被人捷足先登，看来这个地方打车不方便。又等了一会儿，想起伟岩，不知道这几天他在忙啥呢，如果没啥事就让他过来载我一程。

我拿出电话，说："喂，哥们儿，几天不见，想你了。"

"看来我们是心有灵犀啊，我正想给你打电话，你过来吧，我今天刚好进了一批上等好酒，过来品尝品尝，试试口感如何，给点意见。"

我一听他这样说，看来找他是没门了，他肯定走不开。

"下次吧，我刚喝了不少，我没什么事，就想找你贫。"

果然，电话那头已经传来一帮酒友们在喊伟岩的声音。

"哥们儿，你忙你的试酒会吧，别管我了。"

挂了电话，还是没拦到车，就想看看附近的精品店铺有没有卖杯子的。我知道敏仪的杯子不是普通的杯子，而是在一些特色店淘回来的，很精致。

我记起来了，刚才和小晴开车经过的地方，好像有一家看起来铺面挺大的精品家居馆。

我凭记忆找到了这家精品家居馆，幸好还来得及，玻璃门上写着22：00关门，现在是21：45，说不定这15分钟的时间会出现奇迹。

我走进店里，快速看了一下整个铺面，空间设计典雅浪漫，室内

装修欧式风格，我无暇欣赏这些，直奔主题，找售货员问杯子的藏身之处。

我跟着售货员的指引，来到了摆放杯子的货架前，哇！好多精美的杯子，在这里找敏仪的杯子应该不会太难。

可是，这里的灯光不是特别的明亮，品种又多，我看得眼花缭乱，如果每个杯子都拿来一看，恐怕时间不够。多买几个不就行了嘛，我觉得这个主意不错，就挑选了几款和敏仪那个杯子差不多的，准备拿去埋单，却突然听到一个熟悉的声音："小姐，你好！请问这里有没有卖一款叫法国陈式杯子的？"

"敏仪？"我不自觉地小声说了出来。

她正向我这边走来，见我手里拿着几个杯子，愣了一下，说："朝阳你怎么在这里？是给我买杯子的吧？"

我知道她是来买杯子的，而且就要那个款，看来那个杯子对她来说真的很重要。

我点点头，说："昨晚我把你的杯子打碎了，就想买回一个给你，我怕找不到一模一样的，就多挑选了几个款式。"

"谢谢你，朝阳。"

敏仪这样一说，我又不知道说什么好了。

"先生，小姐，你们还需要买其他什么吗？我们要打烊了。"

"这几个杯子，全都帮我包起来。"

谁知道敏仪却说："对不起，小姐，这些杯子我们不要了。"

敏仪把杯子从我手中拿了过去放回原位，我看了看她，没出声，也没阻止，也许这些杯子都不适合她吧。

走出精品家居馆，我说："敏仪，那个杯子对你来说一定是很有纪念价值，虽然你一直说没什么，但你来这里找杯子，就说明了很重要。"

敏仪笑了笑，说："朝阳，谢谢你。我知道有些东西没了就没了，其实我知道这个杯子是找不回来的，就像他不会再回来一样。"

"他？"

我知道敏仪口中所说的他应该就是日记本里的那个男人。

我突然有些冲动，想了解敏仪和那个男人之间究竟发生了什么样的故事？我看了看她，她好像若有所思，在拨弄自己的头发。

"朝阳，陪我到滨江吹吹风，好吗？"敏仪说。

"好。"

大家不再说话，安静地听音乐，我看气氛不太好，就跟着哼两句。我看到了另一个深沉的敏仪。

　　我正无聊地往窗外看，突然一辆熟悉的车快速从我们身边经过，我认得出，那是丽琳的车。我叫敏仪开快一点跟上去，果真是丽琳，马杰也在里面。

　　"朝阳，你有女朋友吗？"敏仪说。

　　"没有。"我很直接就回答了她的问题。

　　"其实你很不错，如果谁做你的女朋友一定会幸福的。"

　　幸福？也许吧，可我是一个花花公子，丽琳是这样评价我的。

　　"谢谢！但我可能不是你想象中的那么好。"

　　"哪里，至少我这样认同你。"

　　难道她真的喜欢我了？早上那个吻，是真的？

　　可是丽琳对我的评价很一般，让我对自己都失去了信心，有时候我也承认，帅只是一个外表，虚有其表，只会让更多的人认为是花花公子。

　　"你不觉得我这个人比较轻佻吗？"

　　"不会啊，我觉得你是好男人。"

　　"呵呵！我看你才是好女人。"

　　这样的回答也太没深度了，如果是丽琳，她肯定会逮住这句话说上好一会儿，但我知道敏仪是不会和我贫嘴的。

对了，丽琳和马杰呢？我看向前面搜索丽琳的影踪，但她已经消失在夜色中。

第二天回到办公室，坐在位置上，依然有熟悉的咖啡，刚喝了一口，马杰就走进来了。

我请他坐下来，还没开口他就先说："朝阳，你负责丽琳的那个项目，可能要给我一个副本，我得好好研究。"

听得出他是话中有话。

"这个项目是我的，你也有兴趣？"

"这个事情我跟老板说了，接下来我会跟进这个项目。"

我心里疑惑，这个项目的创意方案都已经谈好了，怎么到这个节骨眼还有变？肯定是马杰在从中作梗，说不定这几天的事都是他预谋的。

难道他是怕自己的位置会动摇，所以就想方设法来和我一拼高低？看来有点像。但如果针对丽琳这个项目，我得问清楚当事人。

"马杰，这个创意是我的方案，而且已经到了后期的筹备阶段，如果就这样给你接手，会影响整个项目的进度的。"

"你放心好了，昨天我和丽琳也商量过，我们会有一个新的创意出来，之前的创意未必有用。"

我愣了一下，看来我的猜测没有错，原来这几天他都在密谋这件事，我太小看他了。

"既然你这么说，我先跟丽琳再商量一下。"

"那好，我先出去了。"

我的思维出现一阵混乱，难道丽琳是为了昨晚的事生我的气？但这是公事，她不会为了私事而影响工作吧。虽然事先是我不好，撒谎没有陪她吃饭，但工作归工作，怎么可以拿这事来开玩笑呢。

先给她打个电话再说吧。

"喂，丽琳，是我，朝阳。"

"我知道，怎么这么早就想我了？"

"我们先谈工作，你是不是答应马杰让他做广告片子的事情？"

"就这事啊，我觉得他的方案比你的更详尽，效果也更好，所以就选择他的了。"

"我的那个创意你不是很满意吗？而且你可以做广告片的女主角啊。"

我还想试图用广告女主角去说服丽琳，以为她听到这个之后会回心转意，但她一改常态，说："朝阳，谢谢你对我这么高的评价，但我们的这款产品还是想打进国际市场的，对于我是不是女主角，我觉得并不重要，还是以大局为重吧。"

想不到，一个晚上的变化可以这么大，我还想着有机会就和她亲热亲热，现在泡汤了。

"好，那我知道了。"

"朝阳，对不起。"

"不要这样说，谁都想把工作做到最好，而且你有你的选择。"

此刻我不想说太多，因为我的理由已经显得苍白无力了。

对于工作的事情，当然要尊重客人的决定，我明白这一点，更何况她和马杰说不定已经是男女朋友了，这个项目给他做也是合情合理的。

"对了，丽琳，什么时候请我这个老租客吃你的喜糖呢？"

"会的，你放心好了。"

丽琳这么一说，我反而更失落。

"好了，丽琳，我要开会，我们有空再聊。"

这个项目算是告一段落，职场上的事我分得比较清楚，如果丽琳觉得这样做是对的，我一定会尊重她的决定。

看着这些资料，突然就笑了起来，对于创意这个东西，看着心里也蛮高兴的，原来精髓不在于创意多高明，而在于实施的过程。脑海里闪过前天的那一幕，我和丽琳在做示范的时候，有很多肌肤之亲，这个小插曲对于我来说是个难忘的回忆。

这些都过去了，我们之间很快又回归于平淡，至于同居的事情更要让它过去，我们都应该开始新的生活，希望她找到真正的幸福。

我把丽琳广告片的资料整理好之后，就打电话叫马杰过来。

"马杰，你要的资料我都准备好了，以后这个项目你就跟到底吧。"

"不好意思啊，朝阳，中途截你和（hú）。"

"工作上的事情谁做都一样，我们就不要见外了。"

"好，有空我们互相切磋。"

放下丽琳的广告片子，我将全力以赴飘项目。

这些天也忙得差不多了，可巧今天又见到小晴，她过来我们公司找我帮忙做一个答谢晚会筹划，是宴请一些商家、名流和 VIP 客户的一个重要晚会，时间就定在这个月底，她把详细资料都带过来了。

小晴执意要请我吃晚饭，可是这一天伟岩早就约了我，说好要请我吃他和姚美的拖饭。经不住小晴的热情和软语，最后我想要不带小晴一起去伟岩那也没关系，小晴也很爽快就答应了。

意想不到的是原来小晴和姚美是认识的，晚饭过后，敏仪也过来了，提议去唱 K。

第二天起来已经是八点，我手忙脚乱地爬起床，匆匆走出客厅。敏仪好像还没起来，这些天她都早起陪我去上班，今天就让她好好睡一觉。

我进厨房烤了几块面包，又煎了两个鸡蛋，留一份给敏仪，自己那一份就以最快的速度吃完，然后写了一张便利贴告诉敏仪我去上班了。刚要出门，Jimme 就走了过来，好像刚睡醒一样，抖了抖身上的毛，似乎在跟我说再见，我蹲下摸摸它的头，笑了笑，就关门去上班了。

走到小区门口的保安亭，看见方正。熬了一夜，他依然是精神抖擞的样子，和他打过招呼就走出保安亭，不料方正却叫住我，说："你是要等车吗？"

"对，我上次在这里等了好久，也不见有出租车经过，现在也不

知道怎么去路口比较方便。"

"你等等，我帮你联系一下小区的车，现在这个时间应该有一班车出发。"

方正用对讲机问了小区的车什么时候出来，不一会儿果然有一辆中巴车开了出来，太好了，以后我去上班或者外出就不用愁了。

我在路口的地方下了车，刚一转身，就差点被一辆突如其来的小车撞到，幸好这辆丰田小车刹车及时，不然我就得躺到医院里去了。

"你没事吧？"从车里探出一个漂亮的脸蛋，她神情带着一丝关切地说。

"没事，是我没看好路。"

"嘿"，她见我没事，竟然说："你是不是想着某段艳遇想入神了。"

我抓抓后脑，说："嘿嘿！没有，哪来这么多的艳遇。"

后面的车喇叭声已经在响，我以为美女会开车走的，谁知她的举动让我始料不及。她一把拉开车门，就伸手出来拉我上去，连我自己都无法相信这是真的，可是却一点都不假。看来这个美女有一定的力度，该不会是暴力美女吧？

可是我很快就打消了这个念头，因为上了车之后，眼前这个美女一点都不像会使用暴力，而是清秀、丰姿绰约，最主要是她的胸脯发育得非常好，圆而挺，距离实在太近了，看一眼就会让男人想入非非。我突然又来了歪念，不如去碰一碰她，如何？我想这个美好的时光比去加勒比海度假更有满足感。

这个想法就在一刹那间被一阵刺耳的喇叭声破灭掉，我和美女对视一下，在这一秒钟之内我感觉到了自己的心跳，我能从美女的眼神里看出一种少女的情怀，我在想，难道她也看上了我？

但刺耳的喇叭声一浪接一浪，我们一同回头，后面的车已经排得很长很长了。

美女很快就发动车子，我的内心泛起了一丝涟漪，无法安静下来，这一切发生得太突然、太有意思了，如果不是捏了一下自己的大腿，我还以为在做梦呢。怎么可能，我就坐在美女的车里。

正当我的思绪狂乱时，美女好像在对我说话。

"我叫梦妮，你呢？"

我反应过来，说："我叫朝阳。"

我们就这样，好像很自然就认识了。

梦妮问道："你要去哪里呢？"

她这么一问，我才想起我是去上班的，哎呀，还有十分钟我就迟到了。

我厚着脸皮说："我有一个不是很切合实际的想法，可以送我到新世界广场吗？"

"没问题。"

"那太感谢你了。"

梦妮笑着说："不客气，遇上你是我的缘。"

"碰上你是我的福。"我机灵地来了一句。

我们好像前世就认识，今生再来续前缘，在这短短的几分钟，我们竟然可以像知己一样说话了。

马上就要到新世界广场了，难道我和梦妮之间的缘分只能停留在这短短的几分钟内？我刚想问她要电话号码，最起码我得请她吃顿饭，我的话还没说出口，梦妮却先开口了。

"朝阳，你快上去吧，要不然就迟到了，如果有缘，我们还会见面的。"

"梦妮，谢谢你，再见，有机会我请你吃饭。"

美丽的邂逅、梦妮的笑容，一直萦绕在我的脑海里，我不知道自己是怎么走进公司的，直到心婷叫我："陈主管，马总监在办公室等着你呢。"

"哦，好的。"

马杰已经坐在我的办公室里面，见我进来，就说："朝阳，早啊，我有急事找你。"

"早，什么事呢？"

"我想借小尚去我那边帮忙几天。"

我想了一下，小尚这几天也没有多少工作，就给个顺水人情吧。

"既然你都开口说了，行吧，就让他到你那边帮忙几天。"

马杰出去之后，我理了一下乱七八糟的思绪，今天早上的艳遇还在消化过程中。

真有意思，我怎么就有这等福气，只可惜没能拿到梦妮的电话，多少有一些遗憾，总该请别人吃顿饭才算是礼貌。

呆想了一会儿，就叫了心婷进来，看看最近的工作安排。近期的基本上都是一些小客户的小方案，心婷和本部门的另外一位美女小荷就能处理好。我想着小晴的晚会方案，还有敏仪的飘项目，要找她确认一下工作流程、广告预算及排期拍摄等的安排。

时间很快就过去了，到了中午吃饭时间，心婷见我今天没有饭局，就叫我到大厦的餐厅一起用餐。看她细心的样子，真贴心。

来餐厅里用餐的人还真不少，我平时极少来这里吃，要不是心婷从旁指引，我还不知道这里吃饭的规矩挺多的。先要排队，各自拿一个盘子，像吃自助餐一样，在十道菜里任选三款，这么多的菜式，可以满足不同人群的口味。

我跟着前面的人走，终于到我了，我拿勺子要盛糖醋排骨，另一个勺子也过来盛，两个勺子就打起架来了，我抬头一看，不禁心花怒放，是谁？是梦妮。

我让她先盛，她也让我先盛，大家就笑了起来，最后还是我帮她打了这份菜。

我甩开心婷，和梦妮坐在了一起。

"梦妮，你怎么也在这里？"

"朝阳，平时怎么就不见你在这里用餐。"

原来她是大厦里的员工，看来以后我应该多来这里用餐。

"我习惯了在外面吃，所以我们就没在这里碰过面。对了，你是在这座大厦上班？"

话刚说出口，好像觉得有点唐突。

"嗯，我在十一楼。"

十一楼？我怎么没见过这个小美女，她是新来不久？

"十一楼，之前我们见过吗？"

"我说过，有缘的话，我们还会相见的。"

"看来我们的缘分还真够。"

梦妮笑了笑。

"可是我们好像从来都没有碰过面。"

"我经常出差，很少在公司。"

"原来这样，怪不得我们碰不上。"

"朝阳，是不是你的电话响了？"

我聊得正投入，不知道自己的电话在响，是敏仪打过来的。

我不好意思当着梦妮的面和敏仪聊天，就适当地走开。谁知道梦妮也跟着起来，做手势说要先走了，我只好失望地向她挥挥手。

其实，敏仪打电话给我也没什么事，就说很感动早上我为她做了早餐，还说为什么不把她叫醒，好送我到公司，我心里甜甜的，原来她是这么地关心我。不过如果让她送我，和梦妮的相遇就没戏了，这是上天安排好的。

"看你睡得那么熟，我不忍把你叫醒啊。"我暗自欢喜，就说起好听的话来。

"朝阳，你晚上早点回来，我今天没什么事，亲自下厨，让你好好尝尝我的手艺。"

这本来是一件高兴的事，可我就是兴奋不起来。对于一个男人来说，有一个女子在家里为自己烧饭做菜绝对是一件幸福的事。丽琳，就是让我有那么一点阴影，那一顿"白老鼠"试验餐总是挥之不去。同样是女房东，我担心敏仪的厨艺比丽琳的更糟糕，虽然她做的早餐还像模像样，但下厨做菜可不是一般的煎鸡蛋。

"朝阳，怎么了？是不是听到今晚可以吃我做的菜高兴得说不出话来啊。"

"没有，敏仪，我今晚不知道要不要加班。"

"没关系，你回来之前给我打个电话，我再下厨。"

我记得丽琳也说过同样的话，两个星期没见她了，还真有点想她。

看来敏仪是下了决心要大干一番，我还是逃脱不了小白鼠的命运，没办法，只有硬着头皮吃。

下午去了一趟老板的办公室，公司刚接了一个新项目，是一个关于保护消费者权益的基金会筹办的一个项目，说白了，就是让商家自愿掏钱来拿这个诚信认证。老板春风满脸，说这个项目是争得头破血流才争回来，所以他那高兴的样子不亚于接到飘项目。

老板心情好，自然好话多，他拍着我的肩膀说："小陈，好好干，等成绩都出来了，大家有目共睹，创意总监的位置你也坐得稳。"

虽然只是一些恭维的话，但还是挺高兴的，项目做好了自己有面子，还可以说服大众，等我坐上总监的位置大家就无话可说了，所以还是得好好完成任务。

我刚走出老板的办公室，马杰正好向这边走来，看他手里拿着笔记本应该是向老板做汇报的。

我和他彼此点头打招呼，我知道他应该是完成了丽琳的项目，找老板给肯定性的评价，说白了就是邀功。看来，马杰是抢先我一步领功，这也是他的成绩，无可厚非，良性的竞争促使我们一起进步。

回到自己的办公室，打开网站看了几页，找了一些关于基金的资料，但好像没有什么头绪。起来走到窗前呆了一会儿，想的都是一些无关痛痒的事情，脑海出现的净是那几个女子，丽琳、敏仪、小晴，她们在我的生活中究竟是怎么排位的？

我把这三个女子做了一个排名，我发现敏仪竟然是排在第一位的，不知道为什么丽琳在我的脑海里过滤了一遍，对于她，不再有之前那种一日不见如隔三秋的感觉了。静下心想一想，少了那份有趣的争吵，多了一些平静的日子。

但突然间，又有点想她了，想起那天的浴室意外，当小白鼠品尝她做的菜，还有走错房间上错床……一幕幕浮现在脑海里，我的心难以平静，不知道她最近怎么样了？

不自觉就伸手去拿手机。

"喂，朝阳，是你吗？"

"是的，想你了，就给你打个电话。"

"我现在不太方便接电话，我在医院。"

"什么？丽琳，你大声一点，我听不清楚。"

电话那头没了声音，过了一会儿，声音正常了。

"你说在哪？"

"我在医院，刚才在病房，我现在走出来了，有事吗？"

"没什么事，就是想你了。"

"没事我就挂了啊，钱森还在做治疗。"

"钱森？他怎么了？"

"他明天做手术，前两天他说头疼得厉害，就送他来医院检查，一查就出事了。"

"出事了？很严重吗？我下了班过去看他。"

"那个瘤是良性的，但医生建议还是尽早做手术，以免出现恶化。"

"你一个人能行吗？"

"没事，就这样，医生找我。"

"好，那你先忙吧，有事给我打电话。"

丽琳急匆匆挂断电话，我心里感觉有点不安，钱森肯定不乐观，做手术多少会有些风险。

可是，今晚又约了敏仪，说好要吃她亲手做的晚餐，如果不出席的话就会辜负她的一番心意，看来得想个两全其美的办法。对了，先和敏仪吃晚餐，再和她一起去看钱森，就这么办。

哎呀，这些乱七八糟的事情又浪费了大半个小时，得赶紧把精力

投放在工作上。

我闭上眼睛调整一下思路，很快精神又集中到工作上，新的创作灵感也来了，我把项目的一些定位和推广工作整理好，就到了下班时间。

心婷敲门进来说："陈主管，我先走了，我男朋友在下面等我。"

好没趣的一句话。

"那你去吧，别让他等久了。"

我也收拾桌面的东西，关了电脑准备走人。

不知为什么，忽然就想起早上来上班时碰到梦妮的事，不知下班会不会还碰见她。

等了好久才下来一部电梯，可是里面的人多得挤不进去，算了，等一下趟吧。这个下班高峰期还真让人讨厌，下一趟还是这样，真想跑楼梯下去。

电梯又下来了，"叮"的一声，门开了，这次我不管了，硬挤了进去。

突然有一个声音在叫我："这么巧，朝阳。"

我闻声回过头去，真是太巧了："梦妮，是你！"

"看来我们今天真有缘分，早中晚都碰上你了。"

"嗯，我们还真有缘。"

我突然想问一个很不礼貌的问题，便脱口而出："梦妮，你应该有男朋友了吧。"

梦妮笑了笑，没有回答。我真够郁闷，怎么就问了一个这么低能的问题，人家有没有男朋友关我什么事。

彼此沉默了一会儿，梦妮却反过来问我："朝阳，你一表人才，又风趣幽默，应该有女朋友了吧。"

我没有回避，直接回答说："没有，我是单身，但少了单身的优越条件。"

"什么单身的优越条件？"梦妮问。

"就是非王老五啊，所以想找个好女孩不容易。"

梦妮"呵呵"地笑起来。

"叮",电梯门开了,我和梦妮彼此分开走,她去停车场,我过马路对面坐车。没车一族就是要奔波劳碌,没办法,谁叫俺供不起车子,也买不起房子啊。工薪阶层的命就是这般苦啊,把毕生大半的时间都奉献在工作上,就是存不了几个钱,有时候吃顿饭也怕红牛流失太快,这是典型的现实生活写照。

每次想打车都没那么顺利,总得折腾好一阵,看来下次还是晚一点下班为宜,这个钟点永远都是打车的盲点。

看着一辆辆小轿车从自己的面前驶过,心里总是酸酸的,每次都告诉自己,俺有一天也会有自己的车,养自己的狗,住自己的大屋……

正想得入神,一辆车停在我面前,我还以为是出租车,这么顺我的心意,原来,是梦妮,她再次招牌式地把我拉上车。

"去哪?"梦妮说。

"我先回家吧。"我支支吾吾地说。

"晚上不出去玩?"

想不到梦妮说话是这么直截了当的,但我喜欢这种直白、干脆的女性。

"今晚要去探望一个朋友,所以要先回家换洗一下。"

"原来这样,那你家在哪?"

"碧螺居。"

"不错嘛,那个地段的房子很适合居住。"

真不知如何回答她的问题,只好点了点头。女人都容易敏感,如果我跟她说那房子不是我的,我是和一个女房东同居,她一定会想歪,何况我们刚认识,也不想跟她说太多的私事。

我们边走边聊,很快就到了小区,梦妮把车停下说:"朝阳,你一个人住吗?"

她不会话中有话吧,还是想我请她进去喝杯咖啡?

"我不是一个人住。"

"和家人一起吧？"

这个问题真是问到了核心，撒谎？还是告诉她真相？

幸亏方正及时走了过来，说："朝阳，是你啊，这里不能停车太久，你们要不进来，要不就得靠在停车场那一边。"

他真的帮了我一个大忙，梦妮见我没有回应，刚好她又有电话进来，就说有事先走了。

我松了一口气，但心里好像有点不安，我是怎么了？梦妮走了，我怎么就有失落感。

开了门，Jimme 就向我跑过来，在我脚跟转了几个圈，我一把抱住它，沿着饭菜飘香的方向走向厨房，我知道敏仪在忙着为我准备丰盛的晚餐，看来我是一个多么幸福的人，回到家里还有女主人烧饭做菜等自己回来，这是哪辈子修来的福？真的很感谢妈妈，感谢上帝，感谢我的主。

我放下 Jimme，蹑手蹑脚走进厨房，敏仪围着围裙在弄菜，我突然有一种冲动，悄悄走到她的背后，伸出双手蒙住她的眼睛。

敏仪不但没有生气，反而好像陶醉于这个过程中，说："朝阳，你回来了，你去坐一会儿，很快就可以吃了。"

一种幸福立即萦绕心头。

我对着她的耳朵，小声说："你那么贤惠，不管谁娶了你，都是他的福气。"

"你喜欢吗？"敏仪直直地就说了这么一句。

我一时感到别扭，不知如何回答，突然灵机一动说："当然喜欢，像你这么好的女子，打着灯笼都难找，哪个男人会不喜欢？"

"真的吗？"

敏仪显然面露喜色，我的心也舒坦。只有房东开心，我才住得安心，依然是这句，在我的字典库里已经列了红色醒目标签。

"朝阳，你出去坐一会儿，这个菜弄好就可以吃了。"

我乖乖地坐在餐桌前，看敏仪很认真地在做菜，她微微弯腰，屁股好翘、好性感，不过此刻的我没有向那方面想，我满脑海装的都是幸福的记号，就如帆船上的帆迎着风那种美好的感觉。

一会儿工夫，敏仪把菜都端上来了，四菜一汤。

"敏仪，辛苦你了！做那么多，我们两个人吃得完吗？"

敏仪笑了笑，说："因为我不知道做得好不好吃，也不知道符不符合你的口味，就多做两个，如果你喜欢吃就多吃点，不喜欢吃我再做处理好了。"

敏仪这番话令我很感动，我有点哽咽地说："不管好不好吃，我全吃了。"

敏仪很高兴，说："这可是我的处女菜，多多包涵啊，但是，如果不好吃就不要勉强自己。"

敏仪就是敏仪，说话的方式也是这么委婉，让我没有拒绝的理由；如果是丽琳，她不管有多难吃，非要我吃完不可。

我想敏仪平时很少下厨，做出来的菜味道肯定不怎么样。

可是我错了，当我把菜放入嘴里，才知道敏仪做菜竟然有很高的天分，每道菜的味道几乎可以和每天做饭的阿姨相提并论。

我实在是太开心了，说："这么美味的一桌菜，我真不知道怎么报答你才好。"

"那就以身相许好了。"

我是不是听错了？因为敏仪说完这句话电话就响了，没过多久，我看见她的脸色变白，她没怎么说话，好像在听对方说。

我的心情也跟着沉重起来，大概是她父亲又出问题了。

敏仪挂断了电话之后，整个人都沉默了，我又不好问她什么事。

过了一会儿，她说："朝阳，爸爸的病又出现反复了，我白天去看他的时候还好好的，但医生说过，手术有较高的风险，特别是术后的排异会很明显，而且一旦出现术后反应，很可能会危及到生命。"

敏仪说到最后一句，几乎听不清她的声音。

我不知道怎么安慰她才好，就拍拍她的肩，没说话。

敏仪忽然就反应过来，说："朝阳，我得马上去医院。"

"我陪你去。"

敏仪把车开得飞快，我又不敢叫她慢一点，以免分散她的注意力。

到了医院，我才知道世伯的病情已经很严重了。伯母脸色有点苍白，见我们进来就起来走出病房，说："医生检查过了，说今晚的情况有点危险，如果能平安度过今晚，情况就会乐观，否则的话……"

"妈，别说了。"敏仪无法再听下去。

大家无语。

正当大家心情沉重时，伯母却突然开起玩笑来。

"朝阳啊，你和我们家敏仪住在一起也有一段时间了，有没有对她做过一些出轨的行为啊？"

我还真被她吓了一跳，伯母的想象力挺丰富的，看来她以为男女共处一室不发生点什么倒是不正常的了。

我正在想怎么回答她才好，敏仪就先不好意思说："妈，干嘛说这个话题，你让人家朝阳多难为情。"

"女儿啊，你的年纪也不小了，是时候应该考虑婚嫁的事情，你也二十好几了，你爸现在的情况你也看到了，不如今晚你和朝阳就把这事定下来，我安心，你爸也许也可以冲冲喜。"

"伯母，你放心好了，如果敏仪答应，我会好好对她的。"

敏仪马上就红了脸。

"敏仪，你看，朝阳都把话说在前头了，你的想法怎么样？我觉得朝阳这个孩子不错，妈可喜欢他呢。"

"妈……"

"敏仪，我是真心的，请你相信我。"我看敏仪别扭，又说了这么一句。

谁知这个时候，丽琳竟然出现了，真是让我始料不及，她走到我们面前，说："祝福你们！"

　　我看到她的眼神，并不是真心的祝福，而是难过。我说不清这是一种什么样的感觉，是不是因为她在这个时候难以接受一个同居过的男人这么快就和另一个女人发生了关系，然后就顺理成章走在了一起。

　　我想她心里就是这样想的。

　　我不敢直视她，说："丽琳，你怎么也在这里？"

　　"钱森明天做手术，我刚好经过去咨询一下主治医生。"

　　"嗯。"

　　其实，我知道她为什么来这里，因为她在电话里已经说过了，我想说的是她为什么偏偏在这个时候经过。

　　我刚要问钱森的情况，丽琳却说要走了，我想跟上去，伯母却拉住了我，说要去伯父的床前告诉他这件喜事。

　　我和敏仪对视了一下，就按伯母的意思去办了。

　　我内心有些不安，刚才丽琳看着我的时候，分明对我有爱。可是在这种情况下偏偏被她听到我对敏仪的告白，她会怎么想？

　　我的脑海里有些乱，刚才是无意的告白，我只不过是不想让伯母失望，最主要的问题是我想伯父能撑过今晚，还有我看到敏仪无助的眼神就想以这种方式来报答她，毕竟我住在她家里，过着这么舒适、安逸的生活，这可是我当初想也不敢想的事情，而现在都实现了。

　　我和敏仪的爱情戏，对伯父似乎有帮助，他的呼吸好像顺畅起来了，大家都很开心，忙按铃叫医生进来。

　　医生很快就进来了，叫我们出去。

　　我想起丽琳，还有钱森，就跟敏仪说我要过去看一下钱森，其实，我脑子里想的是找丽琳说清楚刚才只是一场误会罢了。

　　敏仪听我说要过去看钱森，我实在是找不到什么拒绝她的理由，就让她和我一起去了。

　　"朝阳，刚才我妈说的话，你不用放在心上，就当我们在演戏好了。"

　　我不知道敏仪为什么要这样说，该不会她看出我不是说真心话？

　　"嘿嘿，敏仪，我有好多缺点的，等你了解我之后，我怕你接受

不了我。"

"朝阳，反正谢谢你，我知道感情的事是不能勉强的，我们这样就好，相处得挺愉快的。"

突然间，不知道怎么去理解敏仪这番话，也许保持现在这种状态是最好的。

在没有确定真正用心去爱敏仪的时候，我不能去说爱，我不想背负着感情的债，更不想因为感情而伤害了一个善良的女人。

"朝阳，你知道钱森住哪个病房吗？"

"哦，我去问一下值班的护士。"

我拉着敏仪向左边拐，很快就找到钱森的病房。

出乎意料的是马杰也在，他怎么会在这里？我有点想不通。该不会是过来和钱森PK吧，还是想过来看他是不是病危，不用竞争就可以得到丽琳。

丽琳和马杰都看到了我们，彼此打过招呼，原本有些尴尬的场面突然就变得自然起来。病床上的钱森闭着眼睛，脸色不怎么好，在输着液。丽琳说他刚睡着了，我们不好打扰他，都走出来到阳台聊天。

没多久，敏仪的电话响了，马杰的电话也在响，他们就走了出去，剩下我和丽琳显得有点不自然。还好，丽琳很快就恢复平静，说："朝阳，我还没正式恭喜你呢，我真心祝福你们。"

"谢谢，我也希望你和马杰得到幸福。"丽琳的话我听起来特别的别扭，于是我敷衍着。

原本我还想跟她解释什么，但在刚才，我看到马杰也在场，我就知道接受祝福的应该是他们。

丽琳没出声。

"对了，丽琳，你真的要放弃钱森吗？"

丽琳好像在沉思着什么，忽然听见马杰在喊我们，好像是钱森有状况。我和丽琳一同向里面看，钱森呼吸有点困难，马杰叫医生进来做检查，幸好没有什么大事。

　　丽琳刚放下心来，敏仪却又不见了，我走出走廊去找她，也不见她的踪影，刚要给她打电话，就收到她发过来的短信："朝阳，我先过去爸爸那边，医生刚做完检查，有事要交代我们。"

　　读完这条短信，突然有一种不好的预感。这边是钱森躺在病床，那边是伯父跟病魔做斗争。但这里有丽琳和马杰在，我也不想做他们的电灯泡，就过去和他们打了招呼，离开了钱森的病房。

　　丽琳目送我转身而去，我看到她的眼神对我好像还有一丝期许。我不敢和她多作眼神交流，我怕在这一秒里会放不下这个女人，所以头也不回地往电梯的方向走。

/ Chapter Ⅸ　忘了去懂你 /

　　我急急回到伯父的病房，谢天谢地，他醒过来了。刚才还真的以为出事了，现在看到他醒过来，就松了一口气，伯母和敏仪的心情也明显好转，这下我也放心了。

　　伯母看时间不早了，就叫我和敏仪先回去。

　　到了停车场，我们又看见丽琳和马杰，怎么就这么巧？他们也回去，不用陪钱森吗？这个女人真是的！

　　我正为钱森打抱不平，他们也看到了我们，就走了过来，丽琳开口说："钱森有人陪，我们就先回去休息了。"

　　"嗯，明天要上班，早点回去休息吧。"我顺着她的意思回答，因为我确实不知道说什么好，况且她的事，我根本管不着。

　　大家无话，就各自去取自己的车，各走各的路。其实也不是这样了，只是真的不同路而已。

　　敏仪又在听那张碟的歌，还是那首熟悉的《Yestday Once More》。我闭上眼睛，呼吸着熟悉的气息，丽琳的影子又在我的脑海里浮现。记得有一次，我坐在她的车上，也听着这首歌，我不知不觉就跟着哼起来，丽琳也跟着哼起来，谁知哼了两句，她就拒绝听这首歌，说是怕自己会陶醉，因为我哼的旋律实在太优美了。我很得意，就哼得更大声一点，谁知道她就干笑起来，竟然说："骗你的，什么你都信，给你一点阳光你就灿烂。"

虽然是这样，但我知道，第一句才是她的真心话。

听着听着，我又跟着哼了出来，依然是熟悉的旋律，可我的心却难以平静，不知道为什么一想到丽琳和马杰在一起，心里总不是滋味，我到底怎么了？

"很好听！朝阳，想不到你的唱功如此了得。"

我笑了笑。

是丽琳的赞美吗？

我知道不是，这个女子肯定不会说出这么好听的话，从她嘴里吐出来的言词鲠心鲠肺的，而且她习惯和我耍贫嘴。

敏仪就不会，她心地善良，她说出来的话都是发自内心的赞美。

对于敏仪我有一种说不出的喜欢，这是一种相处久了之后的好感。我不自觉地向她投去深情的目光，但我不能确定这是爱还是好感。

看着窗外美丽的景色，我在思考着什么，我和敏仪在这条路上来回奔驰了很多遍。

今夜特别安静，我和敏仪一路无话，回到家之后也只是互相道了一声晚安就各自回房。

我不敢想太多，我知道敏仪是有点不好意思，对于我的告白，她是很在意的，而我却好像没当一回事，这个问题要给时间让我们去思考。

躺在床上，辗转难眠，反正睡不着，就想到客厅透透气。

我走出房间，发现客厅的灯亮着，就走到沙发那边，看见敏仪躺在沙发上，睡着了。我轻轻走到她身边，盯着她看了一会儿，真是越看越好看。这怎么行，她躺在这里一会儿就着凉了，想起这些天和她朝夕相对的点点滴滴，自己不觉就笑起来，我多幸福啊！有这么好的房东又让自己住这么大的房子。我没想那么多，抱起敏仪，这里风大，睡着了是很容易感冒的。

她依然睡得很沉，肯定是累坏了，这样都能睡得着，我一口气把

她抱上二楼房间,轻轻把她放在床上,帮她盖好被子。她的样子真好看,我有点不舍地关了台灯,却不小心碰掉了东西,又把灯开了,原来是她的日记本被我弄掉在地上了,我捡起来,顿时,脑海里一片乱糟糟。

我不知道这是天意还是巧合,我也不知道她是把我当成以前的男朋友,还是真的喜欢上我了。我无意发现敏仪内心里的秘密,在这一秒钟里我很想逃离,离开这个房间,我没有翻阅她的日记本,只是不经意看到了她今天记录的一点点,也就是今天的日记,写了这样一段话:"今天,他向我告白了,只是我不知道这是不是出于真心,因为附带一些因素,我也不知道我们之间的故事能不能延续,但在这个过程中我已经感到很幸福……"

Jimme 突然窜到日记本前,把我吓了一跳,日记本又掉到地上。

敏仪大概是被吵醒了,睁开眼睛看了看我。

我很尴尬地指着Jimme,说:"刚才我准备关掉台灯,Jimme跳上来,把日记本弄掉到地上去了。"

敏仪笑了笑,说:"朝阳,刚才是你抱我进来的吧。"

我点点头,说:"我看你睡在客厅的沙发上,怕你着凉,就抱你进来了。"我停了一下,不知为什么又说了一句:"但是我没做过什么。"最后那一句连我自己听起来都觉得别扭,连自己都搞不懂当时为什么就说了这么一句话。

"谢谢你,时候也不早了,你也回房休息吧,明天还要上班呢。"

"那我先回房了,晚安。"

"晚安。"

走出敏仪的房间,我松了一口气,Jimme也跟着出来。刚才太不好意思了,用Jimme来撒了一个谎,我抱起它,诚心诚意向它道歉,它似懂非懂,看着我摇尾巴,好像接受我的道歉一样。

到了客厅,我放下它和它挥手道晚安,它也好像通人性,摇着尾巴小声叫两下,真是可爱的小家伙。

我躺在床上,辗转反侧,睡意全无,脑海在高速运转,敏仪日记本所写的那个他，很可能就是指我，如果这样，我应该接受她这份爱吗？

我和敏仪之间好像注定就要相识，从 KTV 的初次见面到滨江的相遇，再到现在的同居，我们之间顺理成章发生了很多事，可我总觉得敏仪会不会把我当成了另一个人，一个她日记本里的真正男主角。

对于这个男主角，我既陌生又熟悉，陌生是因为我从来都没有见过他，熟悉是因为他如同我的影子，能让我感觉到他的气息。他会是一个怎么样的男人呢？

脑子里好乱，迷迷糊糊就想睡了。

"敏仪，你真的喜欢我吗？"

"朝阳，我喜欢你，真心喜欢你。"

"真的吗？可我也许不能带给你更多的幸福。"

"只要和你在一起我就会幸福。"

我一把搂住敏仪，我们就这样幸福地在一起了。

可是就在这个时候，丽琳竟然出现了，满眼是泪花，我第一次看到她无助的眼神。

丽琳向我们走过来，说："朝阳，我们聊几句，好吗？"

第一次听到丽琳说话的语调这么低，语气这么软，若是平时，她只有有事找我的时候，或者确实承认自己错了，才会用这种语调，可是现在，她却对我这么客气，让我有点不习惯。

我看了看敏仪，她点点头，我和丽琳就走了出去，不过没走多远。

丽琳泪汪汪地看着我，令我不忍心去看她的眼睛。

她深吸一口气，然后对我说："朝阳，对不起，我不想骗你，但我现在好难过，你知道吗？我喜欢你，一直都很喜欢你，但我不知道怎么开口，我不知道这种感觉是不是真的，但我现在告诉你，我喜欢你。"

丽琳的话带有一丝丝伤感，我知道这是她的真心话，是发自内心情感最深处的话。

可是，我已经和敏仪在一起了，我不能伤害她。

但对于眼前的丽琳，我心存一份愧疚，我不知道怎么面对现在的她，刚才那番话我收到了，我的心里也热起来。如果她早一秒钟告诉我，事情可能就不会这样了，我会重新考虑我和敏仪之间的感情，也许我不会接受敏仪的爱，因为最主要是我的心里还有丽琳。可是现在，我伤害的不只是敏仪，还有对爱情的忠实。

我没有正面看丽琳，因为我心里极度难过，我知道在不远处，敏仪也在看着我，而丽琳的等待，就连我的回答也显得苍白无力。

我的内心在挣扎，对不起，丽琳，真的很对不起，我不能爱你，我不是一个好男人，我不是一个让你放心的好男人。你曾经说过，我是一个花花公子，就让你对我有这种感觉好了，反正我不能给你幸福。

可是，如果要我说出这番话，我却无法开口，我不能这样去伤害一个自己曾经心爱过的女子，况且我们同居了大半年，我不能这样做。

"你还爱我吗？你对我还有感觉吗？"我突然听到压得很低很低的声音，在这个时候、在这样的情况下听到这番话，我的心如有千斤重，又好像有一根刺，刺在我的心里。

我该怎么回答这个问题？又该如何结束这份并不属于我们之间的感情？可此时的我，脑海里全是和丽琳的点点滴滴：记忆最深刻的是不小心闯进她的冲凉房，把我当成白老鼠品尝她的处女菜，还有忘记不了滨江那一个树杈后面我和她听到野战的声音，还有她上了我的床，生气要打我，我就拍下她的泼妇照……

这一切都已经成为过去，她现在有钱森、马杰。他们确实存在，而且他们和丽琳之间也很投缘，我算什么呢？我能给她幸福吗？

敏仪呢？那个滨江的背影，注定了我和她的缘分。她开着宝马让我确定她是一个多金的女子，她带我住进大房子，让我从此不愁会露宿街头，她会为我省红牛，让我不至于在餐厅被当众出羞，还有，她会让我顺利接下飘项目，会问我什么时候回来吃饭，我打破她很有纪念价值的杯子也从来不埋怨我半句。那个我已经向她告白，情不自禁吻了她的女子……我和她之间的缘分难道都是假的吗？

我的内心开始狂乱，丽琳和敏仪不断在我的脑海里交替出现，我看着丽琳，又忘不了敏仪；看着敏仪，却又忘不了丽琳。

我记得和丽琳一起在滨江吹海风，她突然大声呼喊，路人投来异样的眼光；我也记得和敏仪在滨江吹海风，那是多舒适、安心。我更记得早上为了和丽琳抢洗手间，就习惯早起，后来再没有迟到过；我也记得和敏仪住在一起，她每天都会早起，送我去公司，也没有迟到过。

太多太多的记忆，仿佛就发生在昨天，使我难以忘记。

当我回过头来，想跟丽琳说对不起的时候，她已经走远了。她仿佛知道自己想要的答案，留下我一个人站在那里看着她远去的背影，在我心里烙下了一个永远内疚的伤痕。

祝福你！丽琳。只有这样，才是我们这段感情最好的归宿。

敏仪走了过来，同样看着丽琳远去的背影，牵着我的手，向相反的方向走，我跟丽琳永远不会相交。再见了，丽琳！你一定要幸福！

"叮铃铃"，一阵熟悉的声音响起来，我习惯性地把它按掉。

过了五分钟，这个声音又响起来了，我伸了个懒腰，把闹钟拿过来一看，正好7∶30，真的要起来了。

我进了洗手间，看见镜子里的自己，长了胡须，面容憔悴，一夜之间看上去好像老了许多。看着镜子发了一会儿呆，脑海里又浮现出丽琳的影子：那一天早上，我被闹钟吵醒，迷迷糊糊地爬起来，带着还没有清醒的大脑走进洗手间，谁知道我一进去就听到一个女人的声音，恰当一点说，是丽琳用超过70分贝的声音在对着我吼，我整个人马上就清醒过来，说："大清早的，你干吗呀？"

谁知道她白了我一眼，说："进来又不敲门，如果我在换衣服或者洗澡，不是又亏了。"

我突然笑了起来，但迎来的是她的美人拳，幸好她挥拳下来快要

碰到我的时候就停止动作，说："看你，胡须长了这么长，分明就是想留着来刺我娇嫩的肌肤。"

我听了就止住笑，装出一本正经，说："当然，我就知道你的要害，就想刺你的娇嫩肌肤，不然你帮我剃啊。"

这招真灵，丽琳果然拿起剃须刀很认真地帮我剃胡须，我很感动地看着她，说："看不出来，原来你也有这么细心的一面。"

话音刚落，我已经接受了她的左一拳右一拳的拳头功，嘴里还吐出来一句："我可没有这么细心，这都是想让你受这个拳头功罢了。"

自从昨天在医院向敏仪告白之后，我的心就一直在想着这件事，真是日有所思夜有所梦。丽琳，为什么就不能让我忘记你？

"朝阳，你起来没有？我做了早餐，出来吃吧。"

是敏仪！多体贴的女子！我匆匆把胡须剃了，洗干净脸，感觉好多了，脑子也清醒过来，先填饱肚子再说，其他的事放一边去。

敏仪已经坐在餐桌前等我，大家一时无语，默默吃早餐，我见气氛挺闷的，就说起Jimme，敏仪也跟我聊它。

吃过早餐，我看时间也差不多，就要出门去上班。我原想坐小区的班车出去，再坐公车去公司，但敏仪说要去我们公司谈飘项目的定稿，就和我一起出门。

下了车，我和敏仪一起走到电梯口，不料，却碰见了梦妮。

我和她打过招呼，而敏仪和梦妮互相看着对方，奇怪，难道她们认识吗？

果然，过了一会儿，梦妮先开口说："敏仪，真的是你吗？"

"梦妮？"

看到她们惊喜地看着对方，都把我抛之脑后了，女人真是奇怪，总是大喜大悲。唉，这个世界也真小，这样都让她们碰见了。

电梯来了，她们全然不在意，还沉浸在喜悦当中，我几乎是拉着她们走进了电梯。

她们都忘了给我做介绍，把我当透明人一样晾在一边。电梯缓缓升上，梦妮突然说了一句："敏仪，你知道吗？嘉俊回来了。"

嘉俊？不知为何，我心里抖了一下。

梦妮说完这句话之后，敏仪却沉默起来，和刚才那种兴奋愉悦的心情相比，来了一个急转弯下降。

"他真的回来了吗？"过了一会儿，敏仪说。

这时，电梯刚好到了10层停下来。

"敏仪，到了。"我说。

敏仪似乎心不在焉，大概也没听见我在说话，梦妮就接了说："朝阳，你先回公司，我和敏仪去我公司聊聊。"

"那好吧，敏仪，我先回办公室整理方案，你一会儿下来我再跟你落实一些细节方面的事情。"

敏仪点了点头。

走出电梯，我还在想，敏仪为什么听到嘉俊这个名字，情绪就变得不太好，他到底是谁？和敏仪又有什么关系？

这个人一定和敏仪有着密切的关系，不然她怎么会听到这个名字之后就失魂落魄，她和他之间究竟发生了什么事？

恍恍惚惚回到创意室，感觉好像少了点什么，心婷过来和我打招呼，我才想到是小尚不在，就问心婷，说："小尚呢？他今天没回来？"

"陈主管，小尚不是到马总监那边帮忙吗？"

对啊，我怎么忘了。

"好的，我知道了，心婷，你一会儿到我办公室帮我复印一些资料。"

说完，我进了自己的办公室，打开电脑，桌面依然有心婷冲好的咖啡，就端起来喝了几口，心里只想着敏仪的事，不知做什么好。

我真的担心敏仪，和她相处也有一段时间了，从来没见过她这样，她刚才看起来真的很糟糕，就像换了一个人似的。

心婷进来了，但我没有留意到，直到她走到我面前叫我，才知道

她来了。我愣了一下，想起叫她帮忙复印资料，我翻了好几份文件才找到要复印的那一份，心婷见我这样，说："陈主管，你今天看起来气色不太好，没事吧。"

"是吗？可能是昨晚没睡好。"

"那就减少一些夜生活，早点休息。"

"呵呵，你帮我把这个文件复印，一式一份，我一会儿就要。"

"好的。"

心婷出去之后，我发现自己把敏仪的事放在心上了，是不是说明我已经爱上了敏仪？因为此时的我真的在担心她。

也许不是吧，只是关心她，对朋友的关心，也不一定就是爱。

我走到窗前，推开窗，深呼吸一口气，不想这事了，一切都等敏仪过来再说，我现在瞎猜也没用，等她过来就知道是什么事了。

这样一想，心情好了一些，就回到座位上，重新整理飘项目的资料。

过了一会儿，心婷回来了，说："陈主管，资料我已经复印好了，如果没什么事我就先出去。"

"心婷，等等，你现在忙不忙？"

"怎么？还有什么事需要我做吗？"

"没有，想跟你聊聊，我有个私人问题想找你做参谋。"

"好啊，我天生就爱打听私事，尤其是陈主管的，我特别好奇，我想，一定是感情的问题，对吧？"

"你真聪明。"

"没办法，跟着你时间长了，总不可能工作上的事你会有烦恼找我商量，我看你今天的情绪不佳，多半是因为感情的问题。"

"其实，不是为了感情，但又和感情有关，我说不准。心婷，你说如果一个女孩有写日记的习惯，而且她把对一段感情的寄托全都写在日记本里，你觉得这是不是说明她在苦苦经营或守候这段感情？而那个男的，她根本就不知道他身在何方，只是可以肯定他们曾经是恋人，后来不知道什么原因分开了。"

　　心婷想了一会儿，说："如果我是这个女的，我很执着于这份感情，而且我相信有一天我们还会重逢，就算不能天长地久，曾经彼此拥有过就够了。有时候，我们女孩子的要求很简单，只要心里有一个人想着就足够了。"

　　原来女人是这样想的，爱情本来就是一个虚无缥缈的东西，也许这样就是最好的。

　　"哦，原来这样，谢谢你，心婷。"

　　"呵呵，客气什么，我又帮不了什么。"

　　我和心婷刚聊到这，敏仪就出现在我的办公室，心婷看了看她，出去了。

　　敏仪的情绪还是不好，我随口就说了一句："敏仪，你的脸色不太好，到底发生什么事了？如果有事就说出来，看我能不能帮得上忙。"

　　"我没事，一会儿就好了，朝阳，我们还是谈飘项目的方案吧。"

　　"你真的好吗？可我觉得，你好像有很多心事。"

　　"朝阳，我真的没事。"

　　"那好吧，我们谈飘项目。"

　　敏仪这样说，我不好再说什么了，就开始和她讨论飘项目的事，包括广告的投放和项目的成本分析等，但我一直在说，她却心不在焉，每次我问她意见，她总是反应很慢，而且回答的前言不搭后语。

　　我知道她一定有什么心事，或者发生了什么事，便说："敏仪，我们先休息一下，我刚才说的那些细节你都清楚了吗？要不要我再重复一遍？"

　　敏仪沉思了一会儿，才说："朝阳，我都清楚了，一切按你的方案操作就好。"

　　她的回答好像只是在应付我。

　　"好了，敏仪，我们先把公事放一边，我们聊其他的，怎么样？"

　　敏仪没出声，那我就当她默认了。

"敏仪，我们相处也有一段时间了，你今天的情绪真的很不好，如果有什么事就不妨跟我说，我很担心你，我真心想帮你。"

敏仪看了看我，过了好一会儿才说："朝阳，我……"

敏仪刚想和我说，电话就响了。

"不好意思，朝阳，我先接个电话。"

说完，她起来走向门外。

没过多久，她又回来了，说有事要先走，我本来想送她下去，但她已经走出我的办公室，我只好看着她的背影远去。

心婷匆匆走进来，递给我一张照片，说："陈主管，这张照片是你刚才那位朋友不小心丢下的。"

我拿过来一看，这个人好眼熟，好像在哪见过？哦，是日记本里的那个男人。这张照片比较清晰，和日记本那张照片又好像不是很像，但从照片中男人的眼神，我看得出是同一个人。

就因为这张照片，敏仪才神不守舍？

"陈主管，没什么事我就先出去了。"

"哦，好的。"

心婷出去了，我还对着照片发呆，这张照片究竟和敏仪有什么样的关系？

对了，梦妮，她一定知道这张照片和敏仪的故事。

可是怎么找梦妮呢？总不能无缘无故去她公司找她吧，直说吗？好像超出了朋友的关心，以什么理由去找她好呢？还有，就算找到她，又以什么理由去问个究竟？哎，惨了，原来我对敏仪的事很上心，我对她已经不是普通朋友的感觉了。

中午去大厦餐厅用餐，就拿这张照片先试探一下梦妮的口风，应该不会有问题，也顺理成章打听一下这件事。还有半个小时就到用餐时间，先冷静一下，想好一会儿怎么问梦妮才不至于让她以为我要做什么，毕竟女孩子都是很敏感的，容易想到一边去，所以不能轻易就开口问照片的事，得想个完美的方案。

可是，当我来到餐厅之后，却找不到梦妮的身影，是不是弄错时间了？不会的，我第一时间就来到餐厅，点了菜之后就慢慢吃，现在饭都吃完了，依然不见她的踪影，她今天肯定不来这里吃，服务员都已经开始收拾了。

我又坐了一会儿，梦妮始终没有出现在餐厅。没办法，要不要去她公司打听一下，现在的我，太想知道敏仪到底发生了什么事，她和那个叫嘉俊的人究竟是什么关系？他会不会就是日记本里的那个男人？

突然间，我有一种莫名的失落和伤感，我知道，这个男人一旦出现，那么我和敏仪的同居关系也要结束了，并不是因为担心再一次被房东赶出家门，而是我已经开始习惯这种生活，开始对敏仪有感觉，超乎普通朋友的感情，我想，我是真的爱上敏仪了。

"陈主管，你在这里坐了好久了，上去吧。"

心婷不知道什么时候来我面前。

"吃饭的时候我就一直看你心不在焉的样子，你今天好像有心事，上午你问我的问题，我就猜到和你有关，要不跟我说说？看能不能给你点意见。"

女人在这方面的洞察力真是比我们男人厉害，我不得不在心婷面前承认事实。

"那我们上去吧。"

"好。"

"心婷，如果你爱上一个男孩子，却发现另一个他也出现了，而这个他是你曾经爱过的，你一直把他放在心底的最深处，现在两个男的同时出现，在这样的情况下，你会怎么选择？是选择现在的所爱，还是曾经的深爱？"

我不知道这样问心婷有没有听懂，但没有更好的例子去说明，就只有这样跟她说了。

心婷想了一会儿，说："我想我会选择现在的他。"

显然心婷的回答不是很坚决。

"哦，谢谢你，心婷。"

我知道这不是心婷最终的答案，她只是站在现在这个立场，站在问题的这个角度去回答，如果她是当事人，经历了一场刻骨铭心的爱，我想她的回答也许就不会这样了。

心婷没再说什么，也许她知道那个被选择的人是我吧。

进了电梯，我按11楼，我记得梦妮说过她在11楼，心婷说："陈主管，你按错了，我们在10楼。"

其实，我是先按了11楼，再按10楼，但电梯到了10楼，我没有出去，心婷说："陈主管，到了。"

"心婷，你先进去吧，我去11楼有点事。"

到了11楼，我看到一家贸易公司，应该就是梦妮的公司，因为这一层只有一家公司。我进了大厅，看几个美女在聊天，就走了过去，看她们一边说一边笑，好像聊得挺开心的，当我走近她们，才知道竟然在聊一些三流的黄色笑话，现在的女孩子怎么这样了，连聊天都聊得这么露骨，我听到不知谁说了一句很经典的："不要迷恋哥，哥只是个传说。"然后就是一阵娇滴滴的笑声，我听了却有点刺耳。

我清一下嗓子，开门见山说："请问梦妮在吗？"

"梦妮？"一个女的说。

"梦妮出去了，好像下午还请了假。"又有一个美女说。

这么说，梦妮就是在这个公司了。

她出去了，敏仪会不会和她在一起？如果没猜错的话，也许还有嘉俊。

"哦，谢谢，既然梦妮不在，那我先走了。"

"你有她的电话吗？"美女又说。

"我丢了手机，把她的电话给忘了。"

"那我给你吧。"说完她拿出手机找梦妮的电话。

她把梦妮的电话写在一个纸条上给了我，我谢过她，准备要走。

谁知她又冒出一句："我叫雪儿，以后上来记得找我啊。"

"呵呵，好啊。"

回到办公室，手里拿着雪儿写给我的电话号码，可我没有拨打这个号码，因为我知道这个时候敏仪应该是和梦妮在一起的。我也实在找不到理由去问梦妮，嘉俊和敏仪是什么关系。

我总不能说："梦妮，嘉俊是不是敏仪的男朋友？他现在是不是回来了？"

梦妮会怎么想？怎么说？她也许会说："是啊，他是敏仪的男朋友，怎么了，朝阳？"

我肯定会吃闭门羹，哑口无言。

正想得入神，电话突然响起来了，是小晴，原来这几天她出差在外，怪不得都没碰见她。和她讨论了一会儿晚会方案的事情，电话就中断了，大概是她的手机没电了。

我拿出小晴的晚会方案，看了一会儿，觉得精神难以集中，便停了下来。

整个下午都没有敏仪的消息，我也试图拨打她的电话，可是一直处于关机状态，老实说，我真的担心敏仪。

快下班了，老板拨分机进来，叫我今晚陪客户吃饭。

我心里着急，草草陪客户吃完晚饭，就打的回家。下了车，我直奔小区碧螺居，看到我们住的那一层灯还没亮，难道敏仪还没回来？现在已经是晚上九点了，她会不会出事了？

方正从保安亭走来，就和他打过招呼，我突然想起一个问题，说："方正，你有没有看到敏仪，她回来了吗？"

"我七点开始上班，好像没有看到敏仪的车进来。"

那就是说敏仪没有回来，我又拿出手机打她的电话，依然是关机，她不会去做什么傻事吧，关机都一整天了。

心里有一种不太好的预感，可我跟自己说，不能乱猜，先在家里等着吧。

我抱着 Jimme 坐在客厅的沙发上，心里十分焦虑，每隔一刻钟就拨一次敏仪的电话，可是一直都在关机状态。时间一分一秒地过去，敏仪到底搞什么呢？这么晚还不回来，也不给我打个电话，真是急死人，我坐不住了，得出去找找她。

其实，我根本就没有目标，第一个想到的是她会不会去了医院。对了，伯父在医院的重症监护病房，不可以带手机进去。主意已定，我马上跑出小区打的去医院。

到了伯父的病房，得知他已经转去普通病房，我松了一口气。按护士的指示，我找到了伯父的病房。

伯母见到我，笑着说："朝阳，你怎么来了？"

"我来看看伯父。"

伯母听了很高兴，拍拍我肩膀想说什么又没出声。

"对了，伯母，敏仪今天来过吗？"

"她打过电话给我，知道她爸爸的病情好转，就说今天有点急事，不过来了。"

"哦。"

她不在这里，她到底去哪儿了？

"伯母，敏仪还有其他电话吗？她的手机一整天都关机。"

"什么？朝阳，你和敏仪不是吵架了吧？"

"没有，我们怎么可能吵架，只是她平时很少关机，我担心她会不会发生什么事了。"

"没吵架就好，她只有这个电话号码，不用担心，她不会有事的，放心吧，朝阳。"

伯母嘴里虽然这么说，可看她给我挤出的笑容，分明就是在担心敏仪。我又不好跟她说敏仪的私事，更何况说了她也未必明白，所以我干脆就不出声了。

又坐了一会儿，我要走了，伯母叫我小心点。

走出医院已经是十一点，我又拨了敏仪的电话，这次是转到留言箱，我便给她留言说："敏仪，我是朝阳，听到留言立即给我电话。"

挂了电话，我又发了同样的短信给她，但是她没有回复。

我叫了出租车，让司机搭我去滨江，我想去那里碰碰运气，看会不会遇见敏仪。

在滨江转了两圈都没见到敏仪的踪影，已经快到凌晨了。敏仪，你到底去哪儿了？

会不会去了伟岩的酒吧，我病急乱投医，马上给伟岩打电话，他听了有点惊讶，说敏仪没去他那里。

都这么晚了，也许敏仪已经回家了，我还是回家吧。

又叫出租车司机搭我回碧螺居，到了小区门口，刚好看到梦妮扶着敏仪走了进去。

我欣喜若狂，急步上前，司机却叫住了我，原来忘记给钱了，我掏出一百元给他就走了。

梦妮也看到我了，没有惊讶，我不想隐瞒了，就告诉她我和敏仪是同居的。

她听了之后很平静，没有问我想象中她要问的问题。

我们一起扶敏仪回到家，待她上床躺好，我和梦妮就下楼到了客厅。

"梦妮，敏仪怎么醉成这样？"

"她今天感触多，就让她任性一次吧！"

我知道有些事情不该问，但又很想知道，忍不住还是问了。

"梦妮，今天早上在电梯的时候，我听到你们说嘉俊，他是谁？他回来了？"

梦妮叹了一口气，说："好吧，既然你和敏仪同居，我就告诉你，嘉俊是嘉杰的弟弟，而嘉杰就是敏仪的男朋友。"

"男朋友？"

"是的，他们在一起六年多了，但是，这次嘉俊回来告诉敏仪，说嘉杰要和另一个女孩结婚了，婚期就选在敏仪和嘉杰相识的纪念日那天，9月18日。"

我一愣，说："这是怎么样回事？嘉杰为什么不亲口告诉敏仪，而要让嘉俊转告？还有，他为什么要选这个日子结婚？他到底想怎么样？"

我以为梦妮会告诉我的，可是她没有，她只是叫我好好照顾敏仪，就走了。

我走进敏仪的房间，见到Jimme有点惊惶地蹲在一边，地上是被Jimme打翻的日记本和杯子。

我刚拿起日记本，还没来得及翻开，就听见敏仪在喊："不要结婚！别走……"

我马上坐到床边，抚她的秀发，她的情绪不太好，迷迷糊糊在说什么，我安慰她好一会儿，才又睡了过去。

我起身打算收拾一下被Jimme弄碎的杯子，敏仪突然一把抱住我，说："别走，别走好吗？"

我回头看看敏仪，又坐下去，我握住她的手，轻轻抚她的脸，Jimme也走了过来，靠在我身旁。

我担心了一整天，也许太累了，眼睛很涩，又怕敏仪需要我，不敢离开。我甩一下头，强行睁开眼，在没反应过来的情况下吓了一跳，我发现自己的手竟然在敏仪的胸部，难怪刚才感觉软软的，有很舒服的感觉。原来自己在无意识中做出了这种事情，我没有继续往她胸部里弹压，只是轻轻地把手缩了回来。可是就在这个时候，另一只手却按住了我的手，示意我继续，同时我好像听到低低的呻吟。

就这样，我的手再次重游敏仪的胸部，我感到自己的下体已经开始膨胀，这是一种蓄势待发的能量，这是一种出于男人对女人的好感，这是一种出于性的魔力。

低低的呻吟声已经让我全身酥醉，我的全身都处在一种亢奋的状

态下，我一把抱住她，把她压在自己的身体之下……

我不知道自己是在怎么样的状态，又是什么样的心境去做这事，我只知道这个时候和敏仪欲仙欲死地结合在了一起。

直到把她彻底征服，直到自己泄掉那亢奋因子之后，才缓过神来，看着床单上的血，看着眼前并不熟悉的自己，我突然感到很内疚，无地自容。

她居然还是处女！这个事实让我彻底懵了，我心里一阵狂乱，我怎么可以这么糊涂？我怎么能做出这种事情？敏仪内心爱的是日记本里的男人，虽然我没有见过他，可是我知道他在敏仪心目中的地位是无法代替的，我却这样夺走她的贞操。

我也不知道是因为什么，难道是为了和日记本里的男人——嘉杰来一个抗衡？又或许是为了保住自己在这个家的地位，而强行占有敏仪。

Jimme 好像知道发生什么事一样，灰溜溜地走了。

我起来收拾床单，帮敏仪换了衣服，但我发现，其实敏仪一直都在清醒的状态，当我做完这一切之后，我们四目相对，我看见她眼里含着泪花。

"对不起！"

我跟敏仪说得最多的就是这句话。

"朝阳，你先出去，我想冷静一下。"敏仪很平静地说，可我却心如刀割。

我跑进冲凉房，看着镜子里的自己，突然觉得很陌生、很可恶，任凭淋浴从头淋透全身。

虽然很累，躺在床上却难以入睡。第二天起来，头有点痛，匆匆为敏仪做了早餐之后就出门去上班，这一次不是因为时间紧要赶着去上班，而是我有意地逃避。

回到公司，几次拿着电话想打给敏仪，可是我怕拨通之后又不知道和她说些什么，难道我要对她说："敏仪，你放心好了，我是好男人，我会对你负责任的。"

这句话好熟悉，对了，以前不小心闯进丽琳的冲凉房，看见她在洗澡的那一幕，事后我也带挑逗性地说出了这句话。

可是，同样一句话，对于敏仪和丽琳来说，我却找不到一个共同点，她们有太多的不同，敏仪是那种很容易就被感动的女子，而丽琳是那种很有性格的女子。

我昨晚对敏仪所做的事，可以说不单单是占有，而是一种伤害，我竟然去伤害一个纯洁的处女。

我呆呆地在办公室坐了一天，直到下班的时候，心婷走进来跟我说："陈主管，下班了，要一起走吗？"

"你先走吧，我还要等一会儿。"

"你今天看起来更不好。"

"有吗？"

"我觉得你今天的气色不好。"

"我没事，你回去吧。"

"好吧，那我先走了，你，照顾好自己。"

心婷走了没多久，我也回去了。

走出大厦，随便叫了一辆出租车就上去了。

"哎，你还没说去哪呢？"司机突然问我。

我回过神来，去哪？我不禁也在问自己，回敏仪的家吗？

"去乡村之夜酒吧。"

我想喝酒，最后还是选择了去伟岩的酒吧。

伟岩刚好就在乡村之夜，说："朝阳，今天这么早就来了，怎么一个人？敏仪呢？"

"哥们儿，今晚不用多说，就陪我喝酒。"

其实，他应该看出来我有点不太妥，但他什么都没有说，就立即拉我进了一个小包间，真够哥们儿。只有我们兄弟两个，他把音乐调到最高分贝，我也不知道自己想怎么样，反正就是不想说话，伟岩就

陪着我喝，不知过了多久，隐约中感觉到自己开始有醉意，伟岩抢过我手中的酒杯，说：“朝阳，别喝了，你今天怎么了？把自己搞得这么不开心？”

“我要喝酒，给我。”我没有理会伟岩的问题，应该是酒后的一种自然反应。

我真的醉了，醒来时发现自己已经在家里。

我感觉到有一双很温柔的手在我的脸上抚摸，还有一种很香的女人味，我慢慢睁开眼睛，朦胧中看到一个很熟悉的身影，而我的视线刚好对着一对很丰满的胸部，我感觉到自己的脸快要贴到这对丰满的胸部上了。我马上清醒过来，是因为Jimme，它蹿了过来，原来我已经回到敏仪的家，我一愣，整个人犹如被一盆冷水当头淋下。

是敏仪！

我是醉了吧，应该不是敏仪，我不是在乡村之夜吗？怎么就回来了？

“朝阳，你醒了，你怎么喝醉了？”敏仪既温柔又体贴地说。

想起昨晚对她施的“毒手”，我的心里出现一阵狂乱，不知道怎么去面对她好。

过了一会儿，我发现敏仪丝毫没有要责怪我的意思，便偷偷地看了她一眼，她正好也看着我，我们就这样对视了一会儿。

敏仪的眼神有一种说不出的感觉，我本想跟她说出心里话，以当赎罪，希望能得到她的宽恕，可是我还没开口，敏仪就一把抱住我。我根本没有预料到事情会这样发生，刹那间，我看到的是她眼里充满着渴望，一种被爱的渴望。

我再没有多想什么，转身把敏仪抱住，紧紧地抱在一起。

这个晚上，我们很自然地睡在了一起。

第二天，敏仪照样送我去上班，不过我们都不会说昨晚的事，一切都好像回归了自然，只是在这个回归的过程当中，我们多了一种关系，这种关系就是性关系。

依然是到了公司楼下，敏仪和我说了再见之后就从我的眼帘里消失了。

刚回到办公室没多久，小尚就把设计方案拿过来，定了之后就开始做设计。下午的工作安排不多，敏仪的项目也到了最后的修改流程。刚停下手头上的工作，准备到外面透透气，马杰却走了进来，看他的样子，好像吃了苦瓜，便问他是怎么回事。他说是丽琳的片子出了点问题，我一听是丽琳的，心里来了莫名的兴趣，毕竟我对这个女子多少还是有点感情的，何况我们同居了大半年，还看过她的身体，所以嘛，想忘记是没那么容易的。

"丽琳的片子怎么了？出了什么问题？"

"是创意被否定了，丽琳的老板说不够专业。"

我听了心里在暗自偷笑，我早说过了，你马杰那个什么创意是狗屁不通，之前我的创意好好的，你们非要绞尽脑汁地再创意，完全不顾产品的特点和定位，马杰啊马杰，你的下场就这样了。

"那你重新再构思一个吧。"

"朝阳，我看还是需要你的帮忙。"

"我？怎么帮？"

"我想还是要你上次那个创意方案，丽琳跟她的老板简单提起过你的创意想法，她老板听了觉得还不错，就叫丽琳拿给他看。所以这次就得麻烦你了。"

"哦，原来这样，没关系，都是公司的事，我又怎么能袖手旁观呢？"

"那谢谢你了啊，朝阳。"马杰如释重负。

"客气什么。"

"对了，朝阳，丽琳这几天的情绪好像不太好，如果你有时间，就给她打个电话。"

"好。"

马杰出去之后，我马上拿出上次帮丽琳做的广告片子创意方案，看着这些资料，突然想起她温柔的一吻，为了做广告女主角，她不惜

任我"鱼肉"。刚才马杰说丽琳这几天的情绪不太好，她怎么了？

想到这儿，我拿出手机，找到她的电话号码，本来还在考虑要不要在这个时候打给她，拇指却不小心地按了下去。

很快就听到丽琳的声音："朝阳，你今天怎么突然想起我了？"

"对啊，我想你了，所以就给你打电话，你还好吗？"

"我挺好的，在忙，晚点跟你聊。"

"哦……"

刚挂了电话，梦妮就走了进来。

我请梦妮到茶几的沙发上去坐，自己也从座位上起来走过去，坐在她身边，她看上去有点疲倦，我想大概是昨晚睡得不好的缘故。

"朝阳，你今晚有没有时间？能不能陪一下我。"梦妮看着我说这句话时，眼神竟然带着渴求。

我想拒之而不能，她见我答应就先走了。

我又开始忙工作的事，很快就到了下班时间，梦妮准时打电话过来。

我刚拿起电话想跟敏仪说晚上会晚点回来，她就先来电话了。原来敏仪有要紧的事要去上海出差几天，她现在已经在机场，事出得有点突然，我想问一下原因，但她没说几句就挂了。

出了大厦门口就看到梦妮的车停在路边，她向我挥手，上了车之后，我才看到梦妮换了一身性感打扮，从她身上散发出的香水味几乎要把我迷倒了。这种香水味我很熟悉，她也用这种香水，我忘不掉这种味道，就像忘不掉那个人，我和她同居了大半年，想忘记她却又总是想起她——丽琳。记得我搬来和她同居没多久，有一个夜晚，我在客厅看电视，这个女子突然从房间里出来，像鬼影一般"飘出"客厅，真的没有一点儿声音，也许是因为我正在看一部阴森恐怖的电视剧，当她走出来时，让我联想到电视里的鬼，过后，她身上的味道留在客厅，也就是这种香水味。我当时太入戏了，第一反应就是女鬼香水。

接着，她突然转身走到我身边，然后伸出她的手，说："怎么样，我的指甲好看吗？"我一时没有反应过来，说："丽琳，拜托你走路的时候出点儿声音好不好？如果胆子小一点，准会被你吓坏的。"

谁知道她根本就不把我的话当一回事，继续弯着她的手指，说："怎么样嘛，漂亮不？"

"漂亮，漂亮。"

我刚说完，她就很开心地一转身，依然是没有声音地飘着回去了，留下的只有一阵浓浓的香水味。

"朝阳，怎么了？"

梦妮这样一问，我才缓过神来，说："我在想我们要去哪里吃饭。"

"我带你去一个地方。"

"好的。"

此时的梦妮，和下午那个判若两人，她居然对我和敏仪的事感兴趣，只听见她说："朝阳，你和敏仪之间有没有发生那个？"

她问得好直接！特别是这么暧昧的问题。

我一愣，没想到她会问这样的问题，怎么回答好呢？

我还没想好，梦妮就笑着说："朝阳，不用回答了，从你的眼神里，我已经知道答案。"

她知道什么答案？难道说我和敏仪同居不可能不发生性关系，其实，也就是前天晚上才开始有这个关系的嘛。

我尴尬地笑了笑。

梦妮带我去了一个貌似农庄的地方，这里很隐蔽，周围的环境让我感觉就像电视剧里偷情要去的那种地方，绿树浓荫，确实是情人幽会的好地方。

我问梦妮为什么会想到来这里吃饭，她只是说这里很安静，可以想一些事情。其实，我知道不会是这么简单的，刚吃了一半，梦妮说想喝酒，后来我们都喝了一点小酒，她就说起她的一段感情经历。原来她之前的男朋友就是嘉俊，怪不得这两天她好像也有心事，说话中，得知嘉俊已经有了新女朋友。

　　我突然觉得梦妮挺可怜的。这么善良的女子，嘉俊都不懂珍惜，真不是东西！我一面说，一面为梦妮打抱不平。

　　说着，梦妮突然坐了过来，靠在我的肩膀上哭了。

　　回去的时候，梦妮说要去我那里坐一会儿，让我陪她再聊聊天。我想今晚敏仪又不在家，就答应了。

　　回到家，梦妮的情绪又开始波动了，一下子就扑在我身上，死死搂住我。就在这个时候，我的手机突然响了，是敏仪打来的，她告诉我已经到了上海，现在在酒店，然后就问我有没有想她。

　　此时的情况是我和梦妮搂在一起，我把她推开吗？她正在伤感，如果推开她，会不会让她心里又多了一层阴影？

　　梦妮好像看穿了我的心思，突然松开了手。敏仪在电话那头见我没有回应，好像有点失望，我连忙走到一边，说："亲爱的，我当然想你啊，什么时候回来？"

　　"这么久才说，身边是不是有别的女人？"

　　我心虚，说："怎么可能呢？你想多了。"

　　我和敏仪打情骂俏了好一会儿才挂了电话，回到客厅，才发现梦妮一个人在喝酒。

　　我走过去，抢了她手上的酒杯，说："梦妮，不要再喝了。"

　　她又抢过我手上的酒杯，说："朝阳，你知道吗？我很不开心，你陪我喝，好吗？"

　　"真的不要喝了，这样会醉的。"

　　"醉了好，什么都不用想了！"

　　梦妮说完又一口将杯里的酒喝完，看她这么可怜，我就想，反正明天是周末，就陪她喝两杯吧。

　　不知过了多久，我感到醉意，看梦妮卧倒的样子，她真的醉了，我也半醉半醒，把梦妮扶到房间，放在床上，我已经没有力气了，就顺势倒在旁边。

　　一束很刺眼的阳光照进房间，我的头重重的，天已经亮了，我感到很不妥，屏着呼吸，还是闻到一股女人的香味，不只这样，她的手好像还放在我的身上，糟了，不是敏仪，敏仪是从来不用这种香水的。

我隐约想起来了，昨晚在家里的女子不是敏仪，是梦妮，我半闭着眼睛看过去，天啊，真的是她！我的血压马上快速升高，因为她不但搂着我，而且还一丝不挂，我的心快跳出胸口，不是因为我想去干那男女之事，而是因为接下来不知如何收拾。

我僵硬在那里，不知怎么跟梦妮交代昨晚发生的事，更不知如何面对敏仪。

这下真是跳进黄河也洗不清了，怎么办？难道我跟她说昨晚只是把她扶进来就睡着了，什么也没做过。可是为什么连我自己也是一丝不挂？这是怎么回事呢？难道昨晚我也醉了，自己脱了衣服也不知道，真糟糕，这下子真的出大事了。

"梦妮，对不起，我……"

梦妮伸出她那娇嫩的手捂住我的嘴巴，说："嘘！什么都不要说，就让我们安静地搂着。"

我还能怎么样，都脱得光光的躺在一张床上了。

我听见自己的心加速急跳，面对着这么惹火的女人，我的血液在沸腾，我的生理也有冲动，可是我压抑住了，我真的不知道昨晚和梦妮到底有没有发生关系。

就这样安静地拥抱了好一会儿，梦妮起来了，把自己当成这个家的女主人，又是扫地又是做早餐，我不敢出去，就在房间里整理资料，没过多久她就叫我出去吃早餐。

吃过早餐，梦妮就走了。昨晚发生的事好像只是一场梦，至少她只字不提，没有把事情扩展到一个更深的层面。我想，也许她不想拆散我和敏仪，也许昨晚她只是需要一个男人的抚慰。

难得周末，本来在家里好好一个人待着，不想丽琳打来了电话，说钱森昨晚出院了，这本来没有什么，但她最后却邀请我去她家里聚聚，说要亲自下厨。本来想过去的，怎么说我还是很怀念那个熟悉的家，

但一听她说要亲自下厨，我就有点退缩了。我一想起她做的那些又咸又甜、又酸又腥，根本不能入口的菜，就要冒汗。

我还没开口，丽琳又强硬下了命令："朝阳，就这样，你下午一定要过来哦，我已经约了你，不来的话，小心我的美女拳！"

丽琳总是这样，雷厉风行，不过我挺喜欢她这种性格。

到了她家门口，我默默为自己的消化系统作了一个祈祷，才开始按门铃。

丽琳出来开了门，我看到一大帮人在里面，除了钱森，其他都是不认识的。原来今天是丽琳的生日，我怎么给忘了。

"进来啊，你站在那里干吗？"

她穿了一条紫色蕾丝吊带裙，外披一件碎花小背心，见到我，似乎很开心，给了我一个强有力的正面拥抱。她的胸部实实地贴住我，我感觉她的胸部好像比以前更加坚挺了，就贴着她的耳边，小声说："分别没有多长时间，发现你的胸又大了不少。"

我突然觉得好像少了一个人，马杰呢？他是丽琳的男人，怎么没过来？

不是因为钱森吧？

错了，原来马杰早就在这里，他从丽琳的房间里走了出来。

回到这个熟悉的旧居，心里有一种说不出的感情和喜悦，这里什么都没变，和以前是一模一样的。丽琳呢，怎么一下子就不见她的踪影？原来她在厨房，忙里忙外的，我担心今晚的宴席会让大家失望，就忍不住进厨房帮忙。

原来不是在弄菜，她只是在准备水果，见我进来很高兴，说："朝阳，你这么有心进来，是不是想念我的处女菜了？"

"还是丽琳你最了解我朝阳了，我就喜欢你做的处女菜，怀旧啊。"

"呵呵，已经过去了，没有机会了。"丽琳笑笑说。

不知道为什么，我听了之后反而有一种失落感。

我和丽琳在厨房里重温浪漫，又聊了各自的生活，我也只是点到即止。

幸好晚餐不是在丽琳家里吃，我们去了一个农庄吃农家菜，大家都吃得开心玩得快乐。最让我猜不透的是，马杰和钱森居然像老朋友一样谈笑风生，之前还以为他们是情敌，这下可好，都要成兄弟了。

最后是大家给丽琳送上生日礼物，我来之前不知道是她生日，没有准备礼物，思来想去，就只有一块玉坠可以送给丽琳，这是我自己的护身玉，一直放在钱包里，是那一年在一个寺庙里求的，它还真的保佑了我好多年，起码自从有了它之后，事事都一帆风顺，还让我遇到了生命中几个比较重要的女人。

看得出来，丽琳接过我的礼物时，挺感动的。

又一个周末到了，有时候我真的感到无聊。第二天周日，我几乎睡了一整天，直到黄昏伟岩打电话给我，我才去了他的酒吧喝了一点酒。

接下来的几天，日子过得很平静，每天就是上班下班，和敏仪一天通两次电话，聊的话题越来越肉麻，她周末才能回来，挂电话前，她又问了我一句："亲爱的，我没在家的这些日子里，你有没有不老实，找其他的女人啊？"

我听到这句话心里就紧张，毕竟我和梦妮确实在同一张床上睡过。敏仪这样问，少不得我又要胡思乱想，梦妮会不会跟她说过什么了？

敏仪见我不出声，就笑着说："好了，亲爱的，我跟你开玩笑的，我相信你，再过两天我就回来了。"

听她这么一说，我松了一口气，知道她相信我，心里很高兴。我知道自己现在很在乎她，我一定要好好对她、爱她。

周四，小晴出现在我的办公室，好多天没见到她了，有一点点惊喜，原来这段时间她在忙筹划晚会的事。

她过来是想邀请我做特别嘉宾，出席周六的晚宴。

我答应了。

我们也没有多聊，小晴说一会儿还得去宴请客户就匆匆忙忙地

走了。

到了周六，我准点到达宴会地点，一个 LOFT 式的会所。

小晴出来接待我，我说："小晴，不错嘛，这个会所看上去奢华而不庸俗。"

"这得要感谢你啊，朝阳，你的方案做得好，才会有这种效果出来。"

"呵呵，这是大家付出努力的结果。"

我们正聊得开心，一个男人走了过来，挺时尚的，感觉又有点眼熟，是谁呢？

想不起来，小晴已经和这个男人打过招呼，然后跟我介绍说："朝阳，这是林嘉俊。"

"林嘉俊？"难怪我会有一种熟悉的感觉。他有着和我一样的身型，也许因为他是林嘉杰弟弟的缘故。

我和他握了握手，说实话，我对这个男人没有什么好感，不知道是不是因为梦妮的关系。

没过多久，来了很多名媛、富商，很热闹。老板也来了，不过他来得比较晚，我走过去和他打招呼，小晴也走过来，陪同老板和各位商界人士逐一认识。我觉得无趣，就回到座位上喝酒，偶尔看看手机，怕敏仪打电话给我听不见。

突然，我听到一阵很有节奏感的脚步声向这边走来，我还没来得及看过去，就听见一个女人在说："先生，我可以坐下来一起喝酒吗？"

好悦耳的声音！好像还有点熟悉，我抬头一看，是梦妮！她正弯腰半蹲要坐下，胸部对着我这边微倾。

"梦妮，我还以为是哪位大美人呢。"

"呵呵，朝阳，你怎么也过来了？"

"小晴邀请我过来的。"

就在这个时候，林嘉俊向我们这边走了过来，梦妮突然搂住我，贴着我的耳边，说："朝阳，你装作我的男朋友。"

很快他就走了过来，我和梦妮从座位上站起来。

嘉俊的脸色并不好看，盯着我们说："你们？"

梦妮微仰起头，像一个骄傲的公主般说："对，我们在一起了。"

嘉俊的脸立即红一阵白一阵，还慢慢地握起拳头。

因为之前听梦妮说了嘉俊的不是，我也就认定他不是什么好人，我便把梦妮搂得更紧，他看我们这样，拳头握得"咯嘞嘞"响，同时眼里充满了因爱而恨的眼神。

嘉俊伸手过来拉梦妮，叫她出去说几句，可是梦妮却一脸的不屑，说："我们之间没有什么好谈的。"

但嘉俊很倔，硬拉着梦妮走。

我看到她在挣扎，心想，我现在是梦妮的男朋友，总得要装个样子，便上前一把推开嘉俊，说："你干吗？梦妮都跟你说了，没什么好谈的！"

嘉俊没出声，突然就一拳挥过来，打在我的脸颊上，火辣辣的痛，我一摸，嘴角竟然流出血来，这家伙要耍流氓了，我也火了，也抡起拳头一拳打过去。

我们就这样互相打了起来，没过多久，就有人围了过来，小晴和老板也走了过来，让保安把我们分开。

这个小插曲总算平息了，我也不知道刚才自己为什么会这么冲动，也许是面子上的问题。

小晴见我嘴角流血，就叫梦妮先扶我去医院。

"朝阳，谢谢你。其实，刚才你不应该为我出手的。"梦妮一边开车一边说。

梦妮说这话时，语气很软，我的嘴角很痛，以致说话时舌头都有点打结。这一拳真是打得不轻，梦妮突然把车开到一边停下，一声不吭就过来用舌头舔我嘴角边的血。

我一愣，但很快就陶醉在她的舌功上，很轻盈，很性感。

在医院做了简单的包扎之后，梦妮提议让我先回家休息，我也觉得有点累，就点了点头。

到了小区，我下了车，但梦妮却没有开车走，我说："梦妮，还有事吗？"

"朝阳，你就不能请我进去喝杯咖啡吗？"

这只是她的借口，我知道她心里在想什么。刚才我们在车上，她就说："朝阳，如果你不是先认识敏仪，你会爱上我吗？"

这个问题很突然，我当时也不知如何回答她好。也许只是因为我和嘉俊打了一架，梦妮产生了错觉，对我有好感。我确定自己是爱敏仪的，不能再做伤害她的事，就婉转地回答了她的问题。

我心是这么想，还是让梦妮回去吧，我是男人，我担心会有控制不了自己的时候，况且我和这个女人有过一次。但不知道为什么，欲望这个东西真TMD的让人堕落，我竟然没有按心里所想的说出来，而是说："那就上去喝杯咖啡吧。"

每次回到家里，Jimme都会出来迎接我，我抱起它去给它拿粮食，它就乖乖地去一边吃了。

从Jimme的小房间出来，看见梦妮当自己是家里的主人一样在厨房里冲咖啡，没过多久就端出来了。

梦妮和我对视一下，把一杯咖啡给了我，就坐到沙发上来。

不知道为什么，我喝完咖啡之后，感觉浑身是劲。又过了一会儿，感觉欲火焚身，燥热难耐，有一种很想做那事的冲动。

不知道为什么，这种欲望越来越强烈，我看到梦妮只穿了一件小蕾丝，那种诱惑简直让我恨不得马上扑过去，但我还是死死地控制住自己不能这么做。可是就在这个时候，梦妮却慢慢地向我这边爬过来，我再也无法抵抗，任她爬到我怀里，趴在我的胸膛上。我感到理智已经控制不了欲望，她开始亲吻我，小手不停地在我的身上游上游下，不一会儿又抬起头来看我，眼睛里露出挑逗的神色，舌头在嘴唇边滑动。我知道她想要，脸有些红，我看了特别刺激，因为此时的我也正像野兽，面对着眼前温顺的小猎物，哪有不心动的道理？

两人狂吻起来，直到无法呼吸，才稍稍放慢速度和力度。

　　梦妮很享受这个过程，很认真地亲吻我，抱着我的腰，慢慢地亲吻下去。性这种东西是有魔力和魔性的，此时的我就像着了魔，贪婪地享受着，欲仙欲死。

　　我们几乎是同时达到高潮的，她很高兴，摸着我的头，笑着亲吻我，好像是为她的成就而感到自豪。

　　过了很久，我们才平静下来，两人赤条条地躺在沙发上。

　　也许是刚才实在太兴奋了，我完全把敏仪抛之脑后，说真的，脑海里只有云雨欢欣的画面。现在完事了，心里对敏仪十分愧疚，但后悔已经迟了，想太多也没有用。

　　梦妮把她的脸贴在我的胸膛上，手摸着我的身体，喃喃地说："朝阳，你放心，我不会跟敏仪说的，这将成为我们之间的秘密。"

　　我相信了，觉得梦妮是一个非常难得的好女人。

　　其实，我也在想，她和敏仪是好姐妹，应该不会跟敏仪说这些事的。现在听她这么说，我就更安心了。

　　休息了一会儿，我感觉是上瘾了，梦妮的技术实在是太棒了，没过多久我们又来第二轮云雨。这一次交锋是我主动地对梦妮发出攻势，她也很主动地配合着我。

　　正当我们两个人都处于巅峰状态时，谁也没想到，门突然被打开了。

　　敏仪拖着行李箱直直地站着，我惊得魂飞魄散，胡乱抓了一件衣服就往身上穿，而梦妮却不紧不慢用衣服裹住自己，然后去了洗手间。

　　我穿好衣服，站在原地，就像一个罪大恶极的犯人，一动不敢动。我知道敏仪在看我，眼神一定充满失望和伤心难过。我不敢看她，不，是无脸见她，此时的我恨不得找一个地缝钻进去。如果可以让我再选择一次，我一定不会让梦妮进来喝咖啡，但如今已经不可能了。

　　敏仪走了进来，什么也没说，梦妮刚好也从洗手间出来，和敏仪打招呼说：“敏仪，其实我们真的没有什么，可能是刚才大家喝了酒才会这样子，你不要怪朝阳啊。”

　　“不用说了，我心里有分寸，梦妮，你先回去吧。”

　　敏仪说出这话时，我心里无比难受，我不知道她为什么可以把话说得这么轻松，我还以为她们会引发一场战争，至少会大吵一架，可是没有，连一句也没有，她们平静得让我不敢相信。可我明白敏仪的内心一定很难过，只不过她没有表露出来而已。

梦妮走了，我想跟敏仪说点什么，可是她看都不看我一眼，一声不吭就往她的房间走。

我一个人愣在客厅，抽了很多烟。我感到无比的内疚，深深自责，可又有什么用？烟雾已经弥漫整个客厅。我没有回房，直到敏仪走下来客厅，我看一下时间，已经是凌晨三点了。

她走了过来，说："朝阳，回去睡吧，别抽太多烟，对身体不好。"

我突然站起来，一把抱住她。我不想失去她，我好自责，她是那么善良，面对这种事情她都可以这么冷静，而我却深深地伤害了她，居然背着她和另一个女人做那事。

然而，就在我环抱她的那一秒钟，她愣了一下，但很快就反应过来，马上挣开我的手，说了一句让我终生忏悔的话："朝阳，也许我们的感情还不够深，我们都需要冷静。"

说完这句话她就回自己的房间去了。

这句话也许一直都在她的想法中，我就像一个无助而又惭愧的孩子，可怜巴巴地看着她离去，心里难受极了。

第二天醒来已经是 10 点多了，我头晕脑涨，去洗手间洗了脸，拍了拍脑袋，马上跑到敏仪的房间，可是房门紧锁，任凭我怎么敲都没有反应，我知道她已经出去了。

她的举动我可以理解，我知道自己已经深深地伤害了她，现在唯有用实际行动，看能不能弥补我的过错。

从敏仪的房间回到客厅，我才看到昨天和梦妮干过的场面，茶几上的杯子打碎了几个，沙发上的枕垫凌乱地堆在一起，烟头掉了一地都是，看到这个画面，我知道敏仪的心都碎了。还不只是这些，那个口口声声说爱自己的男人竟然在自己的家里和另一个女人缠绵。

我已经没有脸再留下来了，我想离开这里，只有离开这里才不会

让敏仪伤心。

我把客厅收拾了一遍，Jimme今天很奇怪，竟然离我远远的，没有了往常的亲切，原来狗也是通人性的，连它都看不过去了，我确实错得太离谱了。

思前想后，给伟岩打了个电话，他听完前因后果之后，觉得有点不可思议，不过他也没有多说什么，约我在酒吧见。

我目前的情况，伟岩也赞成我搬出来，只是我还没想好要搬到哪里，他听了马上就叫我搬去他那里。其实，伟岩并不是第一次跟我说这话，以前我还没有搬去跟丽琳同居，他就多次叫我搬去他那里，但是都被我拒绝了。因为当时他是和父母一起住的，虽然他的父母对我很好，但如果我搬过去，就会打扰他一家人的生活。

这一次我答应了伟岩，因为他已经搬了出来。最主要的是我想让自己冷静下来，更是让敏仪能够冷静下来，我想她现在一定恨我，恨死我了！

其实，我晚上回去给敏仪做了满满一桌菜，可是给她打电话时，一直都没人接，我知道这意味着什么，她是不会原谅我了。

我在做这顿晚餐的时候，还抱着侥幸，很天真地想，也许敏仪吃完我亲手做的晚餐，说不定会有一丝感动，然后给我一个机会改过自新。可是很糟糕，我足足等了一个多小时，饭菜早就凉了，她都不愿意接我的电话，最后竟然还关机了。

我知道错了，只能自食其果。

我随便收拾了几件衣服就去伟岩那边。

其实，我曾犹豫过，要不要搬来伟岩这里，毕竟他现在不是一个人了，他还有姚美，我搬过来就等于侵占了他们俩的私人空间。

当晚，我并没有看到姚美，应该是伟岩特意安排的，想想自己也太不知趣了，硬生生把人家这对恩爱小夫妻强行分开，我陈朝阳又做了一次罪人。

到了伟岩这边，我给敏仪打过电话，但她一直没开机，也没有给我回过电话和信息，我就再没打过去，也许我们真的需要冷静。

第二天，姚美很早就过来给我们做早餐。她真的很体贴，不但做了丰富的早餐，还把家里打扫得干干净净的。

姚美在伟岩口中得知我昨天发生的事，就说帮我找敏仪谈谈。她说我是她遇上的男人当中最帅、品行又好（当然伟岩除外）的人，不相信我是那样的男人，一定是被梦妮下了药。我很感激姚美对我的信任，姚美说出这话时，我还是不肯相信梦妮会下药，更不相信她会这样害我，况且她和敏仪是好朋友，我不相信她会这么做，一定是我自己没有控制好才做出这样的事。

过了几天，我终于接到敏仪的电话，她的声音都变了，我听得出她在电话那头哭，我的心都碎了，我知道她现在还很伤心，我真是个大罪人。我一边安慰她，一边向她保证以后一生都对她始终如一，不会再让她伤心。可是敏仪听完我的保证之后，好像更伤心，我一急，就问我要怎么样做她才会原谅我，她抽抽泣泣，最后我才听懂，原来是她父亲病危，而且危在旦夕。

我知道敏仪是很孝敬她父亲的，现在他危在旦夕，她一定很担心，而我又把她伤得那么深，双重打击，我真担心她会挺不住。

知道她在医院，我的心马上就飞到了医院，我跟伟岩说我要去见敏仪，他听说敏仪父亲有生命危险，本来想跟我一起过去，后来想想我和敏仪久别几天，会有很多话要说，就没跟着去。

我让出租车司机把车开到最高速，甩下一百元就向医院跑，气喘吁吁到了病房，也不管旁边有没有人，只是见到敏仪的气色很不好，就心疼地把她搂进怀里。

"没事的，还有我呢。"

敏仪带着哭腔点点头。

说来也奇怪，不知道是不是因为我来医院探望伯父的缘故，伯父突然就精神起来了，和我们说了很多话，因此我和敏仪晚上就离开医院回家了。直到第二天早上，我和敏仪还在床上缠绵，伯母打电话来

说伯父快不行了，我和敏仪都不愿意相信，昨天不是还好好的吗？怎么突然就不行了？伯母说昨天是回光返照，所以他才会清醒过来。

怎么会这样？昨天伯母还跟伯父说，等他出院，我和敏仪就举行婚礼，伯父听了很开心。我想：天下为人父母者都希望看到自己的女儿找到一个好归宿。当时伯父帮我们连孩子的名字都想好了，男的叫伟宾，女的叫佩心。

昨天敏仪本来是不肯回家的，但我看她实在是太累了，不忍心再让她留在这里熬夜，就劝她回家休息。

回到家之后，敏仪看到餐桌上的丰盛菜肴，看了看我，不知不觉泪水就流了下来。

我站在她的面前，非常非常真诚地说："亲爱的，对不起！我知道自己赎一千次、一万次罪都不能弥补对你的伤害，可是我是真心爱你的，我……"

敏仪用手捂住我的嘴，没有让我说下去，我吻了一下她的手，轻轻拿开，贴在她温润的嘴唇上，继而就热吻起来，之前我犯过的种种过错，就在这一吻之下都一笔勾销了！

过了很久，我捧起她的脸，把自己的脸贴过去和她磨蹭，她闭上眼睛，似乎在享受着。我抱起她，一步一步走上二楼，用脚踢开了门，又用脚关了门，她很温顺，任凭我亲吻和抚摸。

漫天阴霾就这样烟消云散，敏仪说她是世界上最幸福的女人，我心里的阴影终于被她这句话驱赶得无影无踪，我摸着她的脸，两个人相拥到天亮。

伯母的电话第一次打进来时，我和敏仪都没有在意，第二次打进来，敏仪还把它按掉了，继续搂住我睡，到了第三次，我跟敏仪说还是先接电话吧。

敏仪伸出手去，不紧不慢地拿起电话，突然就弹坐起来，我一惊，睡意全消，跟着她坐了起来，我搂着她，急切地问："怎么了？亲爱的？怎么哭了？"

"父亲，父亲他刚刚……"敏仪咽住了，说不出声。

我紧紧地搂着她，我听得出一定是她父亲出事了，但我不敢去想，可能是去世了。

生命真的好脆弱，谁也逃不脱命运的安排，当敏仪慢慢地一个字一个字说出她父亲真的去世了，我感到很震撼，我不知如何安慰此时脆弱的她，上天好残忍，偏要他们骨肉分离。

我们以最快的速度来到医院，可也只是见到她父亲最后一面，敏仪泣不成声。

医院里来了很多人，都是她父亲的亲戚和朋友，莫总也在。

医院里弥漫着一种很伤感的气氛，伯父已经用白布盖住了。医护人员把他推出病房，敏仪追了出去，那肝肠寸断的悲泣声，也许只有在生离死别时才会发出，那是内心深处最痛的伤。

伯母的情绪也很不好，一直在抽泣，周围有很多人在安慰她，叫她节哀。看着这个情景，我突然想起爷爷去世时的情景，同样是令人悲伤无比。人与人之间的这份亲情，只有在离别的那一刻才能体会得如此之深。

我扶住敏仪，什么也没有说，因为我知道此时此刻不管说什么都不能减少她失去亲人的痛苦，我只有默默地站在她身边，让她知道我和她同样痛苦。

人死不能复生，就让死者安息吧！活着的人还是要坚强地活下去。

伯父的葬礼是在三天后举行的，伯母似乎苍老了许多，原本没什么白发的她在这短短的几天骤增了许多。敏仪和伯母在灵位前，给来宾还礼，我也陪着敏仪来参加伯父的葬礼，看到这个场面，我的眼睛也湿润起来。

这时，我看到莫总也来了，他给伯父上了香之后就坐在一边。

接着莫总后面来了几个人，我们都以为他们也是来为伯父上香的，可是这几个人上完香之后，其中一个人就在灵堂前说起话："今天我们不是想来闹事的，可是现在人多，说话也方便，老苏去世了，我们

也深感遗憾，但是有一件事，我们必须说清楚。老苏在生前，和我们合作了几个项目，现在他去世了，我们合作的项目也要终止，合同上有白纸黑字写明，任何一方违约都得承担后果。"

说话的是一个戴墨镜的男人，十足黑道老大的派头，他话音刚落，旁边就有人拿出一份文件来。

敏仪和伯母呆住了，在场的人也开始议论纷纷。

这些人也太猖狂了，居然来灵堂闹事，我问敏仪认不认识他们，她说不认识，也不知道她父亲有这样一份合同，伯母就更加不清楚了。

莫总站了出来，拿过那个人手上的文件，一把扔在地上，说："你们几个，如果想闹事就直接找我，不要在这么庄重的场合叽叽呱呱。"

戴墨镜的男人说："我们只是按上头的命令来办事的。"

"有什么事到我办公室找我，今天不得在这里闹事！"莫总说完，把名片扔到这个男人身上。

那个男人接过名片一看，就对那几个人说："走！"

那些人虽然走了，在场的人还在议论着。我真没想到在伯父的灵堂会发生这样的事，看来我对敏仪的家庭背景了解得太少了。

从他们的议论声中，我听到了一些有关伯父的事。原来他是市里最有名的建筑工程公司的老总，现在他去了，肯定会牵涉到很多人和事，尤其是那些合作方，他们都是看着伯父办事的，一旦少了这个靠山，少不了弄得人心惶惶。

我们都以为送走了那几个人就没事了，谁知道一波未平一波又起，突然进来一位打扮得十分妖艳的女人，当时我们都以为她只是来送伯父最后一程的，没想到她上完香之后，就当着大家的面说："各位，我也是苏老的女人，我肚子里怀了这个男人的种，大家说，他是不是应该对我负责任呢？"说完，她摸摸自己的肚子。

顿时，整个灵堂鸦雀无声。我看到伯母的眼里充满了悲愤，冷冷地说："人都走了，你去地府找他吧。"

这个妖艳的女人还真厉害，居然说："我来这里不是为了闹事，我是来拿回自己应得的，大家说，我这么年轻就跟了他，没名没分，还怀了他的种，他却一声不吭就走了，叫我母子俩以后怎么办？你们说，他是不是应该给我们母子俩抚养费？"

这话一出，大家都明白，原来她是想来分家产的。

还是莫总出来，说："大嫂，如果你信得过我，就把发言权给我，我帮你们处理这些事。"

伯母点了点头。

那妖艳女人听莫总这么说，就走到一边跷起二郎腿坐下。

"各位，老苏刚过世，我们都希望他安息，现在有不速之客来这里闹事，追悼会就到这里结束，其他的事，我们离开这里再说。"

大家离开了灵堂，我陪着敏仪和伯母也准备离开。

敏仪的情绪非常不好，伯父去世她受的打击已经够大了，现在还闹出这么多事来，我真担心她会受不了。

本以为那个妖艳女人离开灵堂便没事了，谁知道我们仨人走出门口，就看见她站在那里，用恶毒的眼光看着伯母，说："这家我分定了！你们就一边站吧，我怀的可是儿子。"

伯母居然没动怒，看都不看她一眼就往前走。

谁也没想到那女人反而生了气，上前推了伯母一把，她额头刚好撞在柱子上，立即流出血来。我和敏仪都被吓呆了。

我过去扶起伯母，敏仪再也忍不住了，也过去推了那妖艳女人一把，说："你干吗？！"

"臭婊子！你敢动我？我要你不得好死。"她边说边去扯敏仪的头发，敏仪也气在心头，就和她打了起来。

妖艳女人发出一阵鬼叫似的嘶喊声，她和敏仪互相拉扯了半天，又骂了一阵粗口就气冲冲地走了。

我们马上送伯母去医院，幸好没什么大碍，医生帮她做了简单的包扎之后就叫我去拿药，回来时，我听到伯母跟敏仪说："敏仪，听妈说，多一事不如少一事，你爸走了，情况就不一样了，他在的时候，有权

有关系，那些人还会忌怕我们三分，现在人都走了，谁还会顾忌我们？我和你都不是官场的人，这事得忍一忍，她爱说什么就说什么，我们别理她就是了。"

"妈，我们干吗要怕她？干吗要看她的脸色做人？以前爸爸在，我不想他难堪，就没理她，现在倒好，我们不去惹她，她反而欺负到我们头上来，如果我们再忍着，她会越来越过分，越来越放肆，到时候我们就真的什么都拱手让给她了。"

我推门走了进去，她们没再继续这个话题。伯母突然幽默起来，说："朝阳，这些天你也累了，我又跟你们住在一起，让你们少了干坏事的时间，我今晚回去，不打扰你们年轻人的好事了。"

伯母真幽默，我有点不好意思地看了看敏仪，她也在看我，相互就笑了笑。

伯母说什么也不让我们送她回去，我们拗不过她，就让她自己回去了。

伯母说得对极了，这些天我们都在悲伤中度过，很久没和敏仪做那事了，我真的很想，我想敏仪她也是。人真的好奇怪，一旦有了亲密关系之后，有了这种感情依托，就特别想做那事。

俗语说得好，久别胜新婚。一回到家，我就把敏仪按倒，就像两个很久没有过性生活的小夫妻，充满着渴望和紧张。

我压在她身上．小心翼翼地亲吻她的额头，她闭上眼睛，安静地配合着我，脸却慢慢地红起来，我看她这样，内心很激动，欲望就更加强烈，这么一个娇小的俏佳人就在我的魔掌之中，令我心生不忍。我就像第一次那么小心那么认真地吻，从额头吻到嘴唇，这感觉真好，似乎永远也吻不够，她喜欢，女人都喜欢这样，两个舌头纠缠在一起，欲望开始蔓延。

有时候，幸福可以很简单，一起发呆，一起说悄悄话，或者拥抱在一起什么都不做，也是一件很幸福的事。如果生活一直保持这样下去，我想，我陈朝阳这辈子就是幸运的、是幸福的！

第二天，我回了公司。本来我想和敏仪一起分担她父亲的后事，可是她说自己能应付得来，又说莫伯父会帮忙，我就没再说什么，只是告诉她：如果需要我的时候，一定要第一时间告诉我，她点头答应了。

刚回到公司，心婷就告诉我，有人在办公室等我，我想谁会这么早找我？走进办公室才知道是梦妮。

自从那天我和她亲热被敏仪碰个正着，我就没有和她联系了，没想到她却主动来找我，意外之余又有些不知所措。

"梦妮，这么早找我，有事吗？"我淡淡地说。

梦妮好像很委屈，没出声，随即就过来抱住我。

我没想到她会这样，拿开她的手，说："对不起，梦妮，我们还是做朋友吧。"

我已经知道错了，我不想再这样下去，敏仪对那天的事已经没有再追究，是我的运气，我不想再犯同样的错。

"你的意思是说，我们之间就当什么事都没发生过，我和你只能保持朋友的关系，对吗？"梦妮很伤心地说。

我一时无语，不知如何回答她。

过了一会儿，我说："梦妮，真的很对不起，我不能再做对不起敏仪的事。"

"我又没让你跟敏仪分手，我只想拥有你的人，你给我激情就好，敏仪不会知道的。"

我没想到她会这么说，看她楚楚可怜、充满委屈的样子，心中多少有些不忍，便没再说一些很绝情的话。谁也没想到，就因为我的不忍，给了她一个不明确的信号，以致后来她竟然把我们之间的事拍成片子寄给敏仪。

到了下午，丽琳因为广告片子的事来找我，她今天和平时很不一样，穿着很正式的职业装，看上去很有气质，很有内涵，她坐在我办公桌对面，开门见山地说："朝阳，我今天过来只谈工作的啊。"

这话让我有些意外，本来还想和她重温旧梦的，她这么说，我也

只好正经起来。

和丽琳商讨了一会儿工作，我借故去摸她的手，她很快就意识到我的行为，马上把手缩了回去。

"不会吧，丽琳，我们才多久没见，就陌生成这个样子？"

丽琳没理我，说："朝阳，我们先谈工作，好吗？我把这个片子最后的创意定了之后，我要离开广州一段时间。"

我一愣，说："离开广州？你要去哪？离开多久？"

"我要和老板去出差。"

"哦，去多久？"

"这可不好说，可能是一个月，也可能是两三月，现在还说不定。"

丽琳只是不经意地说她要离开广州，并没有跟我说她要离开的目的，最后她还说了工作上的事情会交给另一位同事跟进，晚些会跟我联系的，完了她便匆匆离开我的办公室。

看着她离去的背影，突然觉得有点陌生，再也找不到以前那种熟悉和亲切感了。

下班了，我无精打采地走出大厦门口，却看见梦妮在等我。

彼此打过招呼之后，梦妮示意我上车，我迟疑了一会儿还是上了她的车。

"朝阳，我很不开心，想找人陪我喝点酒。"

我一听是喝酒，马上就警惕起来，可是梦妮用她那忧伤的眼神死死地盯着我，让我连拒绝的勇气都没有。

"朝阳，你给敏仪打个电话吧，就说陪客户吃饭，或者和同事吃饭也可以。"

既然她这么说，估计她也不想让敏仪知道我们还继续有来往，想了想，就给敏仪打了电话。

我们去了一家很偏远的酒坊，这里装修很特别，蓝色的情调让人充满了欲望，而且还有一条龙服务，包括吃饭、桑拿、沐足、按摩。

梦妮好像和这家店的老板挺熟的，我们下了车之后，就有一位打扮得很时尚又很妖艳的中年女人出来接待我们，然后把我们安排在一个小包间里。

这个小包间也够特别的,居然还有淋浴间,怎么会有这样的酒坊？一男一女在这样的地方喝酒,不发生点什么才叫奇怪呢。不对！我还漏说了点什么？对！音乐,这里的音乐虚无缥缈,时扬时抑,分明就是一支浪漫而又充满着诱惑力的催情曲。

在这么有情调的氛围中,人们的欲望往往会随之高涨起来,令人不知不觉就堕入情欲之中。看吧,我已经开始感觉到自己的下面水涨船高,浑身发热,这音乐果然有催情的作用,一进来就有让人兴奋想去做那事的冲动。

我们进来没多久就缠绵在一起,就像一对寻欢作乐的男女,充满着对性的渴望,我们配合得天衣无缝,谁也离不开谁。我们从沙发到淋浴间,那种快乐的境界已经让我忘记了一切,任凭水花溅落在我们的身体上,那一粒粒的水珠犹如性的润滑剂,慢慢地滑落,我的手不自觉地往梦妮的私密处去探个究竟,她似乎很快乐、很享受。

这个夜晚,我竟然忘记了对敏仪的承诺,此时此刻,只有我和梦妮之间的性爱高于一切。

疯狂的性爱让我忘记了自己姓什么名什么,就在我们即将高潮的时候,我似乎听见电话在响,但我哪里还会有闲心去理会这个？直到我们都相互达到了那个令人醉生梦死的顶点,才无力地分开趴在沙发上,此时,空气里弥漫着一股爱的涩味。

激情过后,我想起了敏仪,我知道刚才的电话是敏仪打来的,因为我把她的来电铃声做了单独的设置,此时我的心感到愧疚,便准备起来去拿电话。可是梦妮好像知道我的心事,比我快一步主动帮我拿过手机,在我接过手机的那一刹那,我不知道内心的想法有多么复杂。

我不知道怎么跟敏仪说,但这个谎一定要圆下去,我的手还定格在敏仪的号码上,没有按下去,又是梦妮帮我按了下去。我努力使自己镇定一点和敏仪说话,幸好她没有责怪我刚才为什么不接电话,还

很温柔地问我是不是在忙，现在给我打电话会不会打扰我，我听了心里隐隐作痛，一股酸味涌出鼻子。没说几句，敏仪怕打扰我，就主动挂了电话，挂电话前还叫我不要喝太多酒。

我瘫坐在沙发上，陷入沉思。

梦妮真的很明白事理，直到我挂了电话，她才慢慢地爬过来，趴在我身上。我看了看她，心里掠过一丝笑意，这女人真是做情人的最佳人选，忽而欲望又占据了理智，性因子又被激起，眼前这个小女人越来越可爱，让我有了再次去征服她的冲动。梦妮似乎也看穿了我的心思，她的手已经开始在我的身体上往下挪，我顺势就压了下去……

梦妮把我送到小区门口就回去了。

已经很晚了，我开门进去的时候，却看到敏仪失魂落魄地坐在沙发上，我猜想，她是不是知道了我今晚又做了对不起她的事了呢？

我走过去抱住她，看到她的眼睛黑了一大圈，怎么回事？梦妮答应过我不会告诉敏仪的，她的眼睛怎么会哭得肿成这样？

我贴着她的耳朵说对不起，并轻轻地咬她的耳垂。

一滴泪水滑落在我的嘴唇，涩涩的。

我抬起头，帮她擦去脸上的泪水，紧紧地抱在怀里，说："没事的，一切有我，无论发生什么事，我都会和你在一起，好好地在一起，好吗？"

其实，我不知道要说些什么，我担心她是不是已经知道我的事，才会如此伤心？那个电话，是不是出卖了我？

敏仪突然抬起头来看着我，那表情似乎不是伤心，而像是被惊吓过。

"怎么了？宝贝。可以告诉我到底发生什么事了吗？"我几乎用哀求的语气说。

她趴在我的肩膀上哭了起来，看她这么难过，我的心犹如受到了猛烈的撞击，我不知道为什么会有这种感觉，我只知道这一刻我是非常在乎她的，我想好好爱她，可是我一次又一次没有做到，我真的好害怕失去她，心里又有了犯罪感，好想去赎罪。

又过了一会儿，敏仪终于开口说话了，我的心跳在加速。幸亏她不是在说我，而是那个女人、那个在灵堂出现的娇艳女人，啊！原来她不是因为我伤心。

敏仪并不是因为那个娇艳女人要和她分家产而伤心，也不是因为她说怀了伯父的种而伤心，而是因为莫名其妙地被扇了一巴掌，还背负着勾引别人男人的罪名。

最后那一句，我听出了端倪，什么勾引别人的男人？他是谁？看来这事并不是那么简单，当中一定是出现了什么状况。

我给敏仪倒了一杯开水，她喝了几口之后就没再说话，彼此就这样沉默着。我过去抱着她、看着她、吻她，本以为接下来会发生一场有质量的性爱，可以让她暂时忘掉这些不愉快的事。但是没有，我吻了一会儿，她根本就没什么反应，我的激情却点燃了起来。忽然听见她淡淡地说了一句："朝阳，我今天来'大姨妈'了。"

她在我想要的时候没有满足我，这轻轻的一句，好像在说："我心情不好，别碰我。"

我知道她受了委屈，受了伤害，也就没怪她。

这一晚，就这样在平静中过去了。

第二天，我们还是像往常一样去上班。敏仪今天的气色还是很不好，我开车，刚驶出小区没多远，就看见一个打扮妖艳的女人在前面拦住我们的去路，我仔细一看，就是那个在灵堂闹事的女人，她怎么又来了？不对，旁边还有几个穿西装、戴墨镜的男人，这个情景怎么就像第一次认识小晴的时候。那一次，我是给那几个保镖兼司机的男人吓出一身冷汗，幸好最后是有惊无险。可是，这次的情况不一样，这几个男人看起来比上次那几个人凶神恶煞多了。

我看形势不对，就看了一下敏仪，并给她一个坚定的眼神。其实，自己的内心也是底气不足，一看这些人就知道不会有什么好事。何况这个妖艳女人的厉害我是见识过的，一点都不好惹。

我把车停下来，那几个人男人就走了过来，娇艳女人也跟着上前。

这个女人走过来就叫敏仪下车，敏仪也准备要下车，我按住她，小声说："这个女人来者不善。"

敏仪笑了笑，说："没事的。"就下了车。

我跟着下了车，不知道他们到底想玩什么把戏。

妖艳女人示意敏仪到一边说话，我跟在后面，却被两个男人拦住了，不让我过去。

我也火了，这里是住宅区，他们到底想干什么？我拿出手机准备报警。

其中一个男人一把抢过我的手机，妈的！我马上就给了这个男人一拳，那几个男人见状就冲了过来。

其实，刚才挥出那一拳，我并没有考虑太多，我脑海里想到的是敏仪昨天被这个妖艳女人打了巴掌，就凭这点，我想过去连这个女人也一起揍了。

事情并没有按我想象的那样发生，而且情况对我非常不利，我不但没有机会去接近那个女人，还因为刚才那一拳，连那些墨镜男人也惹火了。

眼看那两个男人冲着我就要打下来，我连躲都没办法躲，以为自己一定会被他们打成重伤。就在这个时候，我听到一声很有震撼力的声音："住手！谁敢在这里打架！"

那两个男人没有打下来，我心有余悸，回头一看，是方正带了几个保安走过来。

敏仪和那个女人好像也谈完了，正向这边走来，那几个男人听那女人一声令下，就上了旁边那辆奔驰，我看见那个被我打了一拳的男人气冲冲地走了。

原来方正在监控录像里看到了这几个男男女女，不像良善男女，就带了几个保安过来，幸亏来得及时，不然我就要遭殃了。

敏仪心疼地看着我，说："下次不能这样了，万一你受了伤，那我怎么办？"

谢过方正之后，我和敏仪就上车回公司了。

我问敏仪到底发生了什么事，她就是不肯说，轻轻一个吻就把事情推卸过去了。我知道她是不想我牵涉其中，我就没再说什么。

可是我身为她的男朋友，是很想和她一起分担的，主意已定，我得找伟岩暗中帮我查一下这个女人，他人脉广，相信一定能打听出蛛丝马迹来。

回到公司，我马上就给伟岩打电话，听得出来，他还在床上，旁边还有姚美娇滴滴的声音。

伟岩听我说完事情的来龙去脉，很愤怒地说："靠！什么女人？居然敢这样欺负人。"

我知道伟岩做事很有分寸，我相信他的做事方式。

早上，我在想这个女人到底是什么来头，为什么要惹这么多事出来，我想起了昨天晚上敏仪也和这个女人有了一次交锋，早上又出现了，看来这个女人一定是想分家产想疯了，"TMD。"我不小心爆出了一句粗口，正好这时心婷走进来，看着我的样子，她被吓了一跳。

我给心婷报了个简单的微笑之后她才缓过神来，然后她很担心地问我是不是发生了什么事，毕竟她很少看见我这个样子。

"呵呵,心婷,吓着你了！"我没有告诉她什么,这么天真的小女人，我不想她去接受这种复杂的社会问题。

下午的时候梦妮来找我，我当时正准备出去，梦妮在电梯口看到我，然后把我拉到了楼梯间的一个角落，很急地问我："朝阳，这几天是不是有一个女人找敏仪麻烦，你看我能不能帮上你们的忙？"

我想：梦妮是怎么知道的呢？消息传得好快呀，说不定是敏仪告诉她了？当时我没有想太多，因为听梦妮说好像有点门路的样子，她能知道这女人的底，我马上约上了梦妮和伟岩一起碰面。

梦妮似乎也为了这事而和我们站在同一战线，因为我没有看出有什么对我们不利的地方。梦妮给我和伟岩提出了很多有价值的线索，本来伟岩也发散了兄弟去打听这个女人的底细，但现在有了梦妮的一手资料之后来得更实际了，也减少了很多的前期工作。从梦妮的言谈中，好像梦妮和这个女人还有过交锋似的，因为听她说的时候，对这个女人挺了解的，我没有想到其他的地方去，而是伟岩提了这个问题："梦妮，你说敏仪处在不利的一方，这话何解？"

梦妮也喝了点小酒，然后和我们认真地分析着。

"你们看！现在事情发生到目前的状态，最错的人就是敏仪的父

　　但一会儿我们三个人笑了起来，这是一个怎样的意外场面，我也不得而知。

　　这事之后我们谁都没有提起过，只是经历过这事之后，我感觉敏仪对我产生了距离。

　　那天我们醒过来之后，吃完早餐梦妮就先走了，然后敏仪也说要到伯母家去有点事，刚好那时老板让我回公司有个紧急会议。

　　处理完公司里的工作后，我想打个电话给敏仪，但突然想起了昨晚伟岩和姚美在酒吧里争吵中提到过陈凤娇，我约了伟岩出来。

　　和伟岩碰面之后，得知原来姚美和陈凤娇是有过交情的，而且还不浅，陈凤娇竟然是姚美的小姨，我一听整个人都愣住了，我想这下子应该会好办了，如果能得到姚美的帮助，相信处理这档事就更容易了。可是伟岩皱了皱眉，他说到姚美和她小姨的关系一直不和，还说到陈凤娇根本不把她们一家子当人来看，听到这里我好像明白姚美为什么要极力阻止伟岩去调查这个女人的底了，也就是说姚美其实是在担心伟岩会因此受到牵连。

　　说到这个份儿上，也不好意思让姚美担心，我让伟岩停止这一切的调查工作，我说："哥们儿，不要为这事而让嫂子担心了，昨晚我们和陈凤娇签订了协议，相信这事很快就有个了断了。"

　　我知道伟岩想说些什么，但我没让他说下去，然后我们聊起了婚姻，也聊起了生活。

　　说到婚姻这个话题时，原来伟岩已经打算和姚美结婚了，听到这个消息的时候我很高兴，说实在话，姚美是个不错的嫂子，能为伟岩考虑这么多。

　　我除了高兴还是高兴，真的太好了，就等着喝喜酒好了，我最后还看到伟岩的脸上有些更为愉悦的笑容，原来伟岩和姚美结婚的另一原因是姚美有了，双喜临门啊！

　　这酒一定要好好喝，痛快喝。

　　伟岩也打趣地说："打算什么时候和敏仪结婚？"

我真的没有考虑过这个问题，想想自己在梳理感情方面做得实在不够好。

面对梦妮从中插的这一杠子，现在要我马上和敏仪结婚，我变得有点犹豫了。

和伟岩一番小聚之后，又有好几天都没有见到伟岩了，这些天我知道他在忙着婚礼的筹备。和敏仪说起伟岩要和姚美结婚的这个消息，敏仪突然愣住了，我记得当时敏仪的反应是从愕然到兴奋然后到沉默，我不知道敏仪为什么会有这么大的反应，但之后我们也没有围绕这个话题说下去，因为正好这个时候梦妮来电话给敏仪。情况是这样子的，梦妮说陈凤娇对于家产的事情已经率先采用了法律手段，已经聘请了法律顾问来代理这个事，而这个代理权也交给了梦妮的公司，我现在才知道原来梦妮公司的业务不单是国际贸易，还承担了法律顾问这项业务，虽然现在知道也不迟，但迟的却是梦妮的一番话让我和敏仪当时都吃了一惊。

原来这些日子，陈凤娇并没有放弃她夺取家产的伟大念头，其实我们更没有想到的事还在后面，陈凤娇的手段极其阴险，让人防不胜防。

我们沉默了一会儿，给莫总打了个电话，看来莫总已经知道这件事情了，他还让我们不用担心。挂断莫总的电话，还有一件让我难以想象的事情。

我接到丽琳的电话，她的电话让我感到很震惊，这是怎么一回事呀？丽琳，你真的看清楚吗？姚美是你老板朋友的情妇？这怎么可能，姚美是一个很纯洁的女孩子，怎么会？

"丽琳，你不要跟我开这种玩笑吧。"听着丽琳的电话，我急坏了。

突然间我对丽琳有一个质疑，我在想，是不是因为丽琳知道了姚美和伟岩要结婚了，她不想看到这样的结果，她不想看到自己的初恋和另一个女人结婚。她到底是什么居心，我的思绪也很乱，这样的事情竟然一浪接一浪，我真的受不了。

丽琳又继续说："朝阳，我知道你在想什么，你一定是想说我因为得不到伟岩而中伤姚美，是吧？你觉得我是这样的人吗？我们同处了这么久，难道你对我一点都不了解？"

丽琳的一番话问得我哑口无言，我竟然不相信她的人格，难道我也因为得不到她而开始怀疑她？

"对不起，我不应该怀疑你的人格。"我在电话里头也不好意思地说出了这句话，丽琳也笑了出来。

我听到丽琳笑了就是不生气了，我也松了一口气。

丽琳继续说："朝阳，姚美我又不是不认识，我不可能看错人的，最主要是我们还打了招呼。"

"丽琳，你说清楚一点？我听得一头雾水的，你在哪里看到姚美的，她这段时间不是在筹备和伟岩的婚礼吗，怎么还有时间四处跑。"

"我现在人在哈尔滨，和老板在这边出差，昨晚我和老板参加一个宴会，当时人很多，但我还是认得出姚美，她陪在一个中年男人的旁边，还挽着手，很亲密的样子。"

我沉默了一会儿，说："但，丽琳，这样也代表不了什么吧，也许姚美和那个中年男人也是应酬的嘉宾？"

丽琳的一番话又让我陷入了沉思，当时我只想丽琳尽快告诉我事情的真相，看到的姚美是一个怎么样的人，作为伟岩的哥们儿，我是不愿意看到这样的结果的，我并不希望伟岩娶到的女子是一个不清白的人。

丽琳没有继续说下去，好像说有事，然后挂断了电话。

突然间，我站在原地愣住了，我的脑海里回忆着姚美的清纯身影，不可能！这个女子怎么会是别人的情妇？我怎么样也不愿意相信这个事实，我宁愿丽琳是为了生气、为了赌气、为了不想伟岩结婚而撒的谎。

　　我虽然和姚美交流的机会不是很多，但也有过几次的接触，还记得那一次我和梦妮有了不正常的关系，被敏仪当场逮住的那次。那天我到伟岩家里的时候心情是很低落的，姚美却和我分析着女人的心理，还不停地开导我，帮我和敏仪打着圆场；更记得认识姚美的第一次，就是伟岩过生日的那一天，出现在我们面前的她是如此的高贵大方；让我对姚美印象至深的是，有一次伟岩说姚美的第一次给了他。

　　然后我还开玩笑地说："伟岩，你就这么相信她是第一次？"

　　伟岩却一脸正经地说："难道那些是番茄酱吗？"

　　我还记得小晴也对姚美赞赏有加，还说姚美是一个很得体的女子，谁娶到她谁就有福气。

　　这样的一个姚美，怎么会是丽琳口中所说的情妇？怎么可能背着伟岩和别的男人偷情？这根本是不可能发生的。

　　最终我说服了自己，没有告诉伟岩丽琳所说的这个"发现"，但我依然给伟岩打了个电话，没说什么，只想听他在婚前的兴奋度。

　　果然，伟岩对于婚礼还是很在意的，什么事都亲力亲为，我还是小心地说："姚美呢，是不是也在忙着婚礼的事情？"

　　伟岩却笑了笑说："她怀孕了，我让她在家休息，但她还是坚持工作，说要到哈尔滨那边出差，好像有一个重要的项目要跟进。"

　　原来姚美也交代过自己的行踪，难道是因为姚美怕被别人发现，就如和丽琳的碰面被发现了一样，所以她要为自己找个圆事的机会。

　　伟岩不单单是沉浸于婚礼的幸福当中，还沉浸于将为人父的喜悦当中。是的，姚美她怀孕了，快晋升为父亲的伟岩很幸福，我怎么能打击他呢，所以，在电话里头我什么都没有说，因为我没有找到实质性的凭证，更多的因素是我不想让伟岩在这个快乐的过程中受到当头一棒，我想姚美也许真的是出差陪客户去了，那些有点过分的行为可能是工作需要，我没有往不好的方面去想，更没有去想姚美怀的孩子到底是不是伟岩的。

　　晚上的时候，敏仪和伯母说要到一个远房亲戚那里有点事，好像

我出席不太方便什么的。她们走了，我突然想弄清楚姚美的为人，我约上了小晴，我虽然不相信这个事实，但还是想找个人说服我，我知道小晴和姚美认识也好久了。

我和小晴约在风雅廊西餐厅，我先到的，再次坐在熟悉的位置上，喝了点冰水，看着窗外。今天没有什么心情去看其他情侣的小动作，也许因为这段时间发生的事情太多了，感觉自己也成熟了，我知道有些事情需要成熟处理。对于这些生活中的小调剂，等这段时间过了，我得好好享受，我突然把性爱这部分和寻找刺激的这部分当成了生活中的小调剂了，也许，这个形容词也挺恰切的。

看着窗外，想着一些杂七杂八的事情，直到小晴出现在我面前，好一会儿我才回过神来，小晴打趣地说："朝阳，你今天看起来好像很忧郁啊。"

我笑了笑，回过神来看了看小晴，好些日子没有看见小晴了，发现她成熟了，多了几分丰韵，脸色也红润了不少。

小晴依然是开玩笑地说："怎么了，朝阳，这段时间没见我，想我了吧？被我的身材迷住了吧？"

"是啊，你也真会保养，越看越耐看了。"

小晴笑得很迷人。

"今天约我出来，不用陪女朋友吗？"

小晴也不跟我见外，我喜欢她的这种直率。

"女朋友陪她母亲出去了。"

"那就说明丈母娘比你这个男朋友重要了？"

我们随便聊了一会儿，我知道小晴是跟我开玩笑的。

"好了啊，朝阳，看你精神状态不佳才跟你开这些玩笑的，是不是有什么事呢，说来听听，看我能帮上忙不？"

我在想，女人是不是天生就有一种预知能力，她们的想法往往也很切合实际。

"好了，小晴，我也不瞒你说，我听到一些关于姚美不好的传言，从客厅吻到餐厅，再到房间直到床上，翻云覆雨，尽情享受着这阵久违的雨露。难怪古人说，"曾经啊，没有电视、没有电脑、没有娱乐，就是造人，所以啊，我们那个时代，总是有七八个孩子的"。我终于明白了那种探究式的性爱为何有如此大的吸引力。

完事之后，我们相拥而睡，仰卧在床上的感觉真的很好，因为身边有一个你爱的和爱你的人，在床上，我们说了很多悄悄话，仿佛这个世界小得只有我们两个人。我们都感觉到幸福，幸福也是一种终止的符号，当你真正感觉到幸福的时候，命运的轮盘就会给予我们休止符。

我们聊到了生活，聊到了将来，聊到了孩子，更聊到了结婚，对的，结婚，伟岩已经为结婚而准备着，不知道姚美她是不是别人的小蜜。

我和敏仪说起了姚美，我想知道自己没有把姚美的事告诉伟岩是不是正确的选择，其实我当时也不知道怎么就开口说起了姚美，我小心地描述着，把姚美和伟岩的故事尽量说得简单。敏仪听完，突然间哭了起来，还说："朝阳，你一定要让伟岩好好爱她。"

同样的故事、同样的版本，但在敏仪的脑海里多了同情、多了怜惜，而我呢，却多了怀疑、多了一份不信任，难道这就是男与女之间不同之处吗？这就是我们之间不同的思考方法吗？

这一晚，我们聊了很多，对于我们来说，这一种感觉是很值得回忆的，也许在很久以后，再回想起今晚的一番话，相信我们都会很难忘。

第二天当我醒过来的时候，翻过身，已经触摸不到敏仪的身体了。不一会儿，敏仪走进来，她穿着一身性感睡衣，我在半醒半睡的状态中看了过去，还以为看错了人，以这样的目测范围看了过去，我还以为是丽琳。这一幕让我想起了那一次，那一次我不小心冲进冲凉房之后，那一次我在房间里发呆写作的时候，丽琳走了进来，是同样的场面。

我差点把眼前的敏仪喊成丽琳，我还想说："你怎么了？又来挑逗我，我会有冲动的。"

可是，还没等我开口，敏仪先说：“朝阳，快起来吃早餐，到上班时间了。”我回过神来，这声音分明就是敏仪啊。

突然间，自己笑了起来，因为我的脑海里出现的是曾经那一幕，是的，那个时候的我们都显得很天真，现在想想丽琳做得很对，和一个并不喜欢的人住在一起，吃亏的总是女生，而那个时候的我还吃了丽琳那么大一块豆腐。

“怎么了？朝阳，你在想什么，笑得这么开心。”敏仪说。

“没有啊，看到你穿的这身睡衣很性感，很适合你。”

“是不是又让你有感觉了？”

“对啊，要不我们再来一场激情之战怎么样？”

“晚上再来啊，现在赶快起来，不然就迟到了。”

“遵命，我马上起来。”

一个上午的小调情，我们显得那么有活力，生活就是这样的一个过程，在一阵子的小打小闹、小情小调的过程里，我们享受着这份幸福的快感。

可是最糟糕的事情并没有因为我们这份幸福的感觉而结束，反而接二连三地到来。我刚到公司没多久就看到了梦妮，她显然在等我，在办公室里，这次和上一次她来办公室的情况截然不同，我看得出梦妮的紧张和不安，也感觉到梦妮的情绪并不好，我知道这里面一定是出事了，而这个事因是关于陈凤娇的。

果然不出我所料，梦妮一看到我就把我拉到办公室里，然后关上了门，我没有像梦妮那样急，也许刚开始的时候我还不知道事情的严重性。

我让梦妮坐下来慢慢说，梦妮急得连坐都没有坐而是站着说的，她跟我说，陈凤娇的胜算几率是90%。

梦妮也没有做详细的解释，只是让我劝敏仪选择和解。

我想，这不可能吧，我不相信她有这个能力可以操纵一切，我在想是不是因为梦妮代理了这个案件而让我们这边做出和解的决定，亦或是梦妮真心想帮助我们？我分不清了。这段时间不知道怎么的，我对任何人都充满了怀疑，我把这个质疑摆在了面前，可是在这样的关头，我想多一个心眼也是对的。

梦妮跟我分析了对我们不利的因素就在于陈凤娇的人脉，现如今，有权有势就可以是某人的天下了，我虽然明白这个道理，但也不可能让她无法无天。

心里虽然这样想，可是我更明白权力的意义和重要性，在当今的某些地方，钱和权都是必不可少的，而陈凤娇就具备了这两样，因为梦妮说过她有很强的后台，有很多高官在背后撑腰，所以梦妮的分析也并不是没有道理的。我在想，这事我可做不了主。忽然我想到了莫总，我想听听他的一些意见。

梦妮说完之后给了我另外一个联系方式，说这段时间不方便再碰面。我明白，作为陈凤娇的法律代理公司，要绝对保护当事人的利益。

她走出去之后，我立即打了个电话给莫总，但莫总的电话一直是忙音，我趁这个极短的时间思考了一会儿，把一些关键的人和物拿出来作了一番对比，我在沉思着什么。

再随手翻了桌面上备用的法律书籍，但这个时候我却无法安心阅读，脑海里过滤着很多的信息，这时，莫总复了电话回来说刚才和一些法律界的朋友在探讨这个问题，而且对这个案件比较有把握，我心里也安定了。

梦妮那一番话我没有转述给莫总。

这事情先放了下来，敏仪今天的状态也好多了，中午我们约了一块吃饭，我把今天莫总和梦妮的话都跟敏仪说了，敏仪也支持我的决定，她对我的果断是放心的，其实对于这事，我们谁都没有把握，只能看一步，走一步。

吃饭的时候，我们看到了嘉俊。

当时我和敏仪同时看到了他。

显然嘉俊也看到了我们，他走了过来。

"嘉俊，你怎么会在这里？"敏仪起身说着。

我也起身和嘉俊打了个招呼，还以为嘉俊是过来找我麻烦的，上一次就是为了梦妮和嘉俊打了起来，但这次不是，嘉俊也和我点头示意问候。

嘉俊是来找敏仪的，他们在外面聊了几句之后进来了，我看到敏仪的脸色突然变了。

我问："怎么了，傻猪？"

敏仪低下头，没有看我，声音很低："嘉杰他的腿已经残疾了，但这一次嘉杰的情况再次恶化，可能有生命危险，嘉俊说嘉杰很想见我，很想念我。"

"朝阳，对不起，我不知道应该怎么办，我的心里好乱。"

看着敏仪无助的眼神，我真的不忍心，真的不愿意看到敏仪这样痛心，万一这是和嘉杰见的最后一面呢，那么我不是成了千古罪人了吗？

"朝阳，我……"敏仪没有说下去，我知道她想听我的答案。

"傻猪，傻猪，傻猪……"我连续叫了敏仪几声傻猪，"傻猪，你要去，你需要去，就算站在好朋友的立场你也应该去，放心去吧。"

敏仪一下靠在我的身上哭了起来。

我安慰着她，"傻猪，不要哭，哭了就不漂亮了。"

敏仪破涕为笑："谢谢你，朝阳，我爱你，我们永远不分开好吗？"

"当然是永远不分开了，这次你就当是去散心、去旅游、去放松，好吗？不要带着情绪去，这里有我在，伯母我也会帮忙照顾她的，你就安心，放心去吧。"

第二天，敏仪和嘉俊就坐上了飞往纽约的航班，我去送了，简单的拥抱之后，就挥手离开了，她进了关闸，那一瞬间，我并没有想到什么，因为我知道这只是短暂的分开，这只是小别的分离，很快，敏仪就会回来的，很快，我们就可以见面了，最主要的是我要妥当地处理好这里的一切，等敏仪回来就是一个全新的开始。

走出机场，我深呼吸了一口气，看着飞机起飞的那个过程，我在想人生会这样吗？会有这样的腾飞阶段吗？

在敏仪离开的这些日子，我没有让自己闲下来，而是尽心尽力协助莫总这边找了很多有利的线索。可是人算不如天算，在最紧张的关头，开庭的前一天晚上，一条让我们都没有心理准备的消息传了出来。

我们的代理律师出车祸了，就在这个晚上，犹如晴天霹雳。我和莫总在酒店等待律师过来核对最后一份手稿文件时，一个陌生的电话打过来，原来是医院打来的，我接过医院电话的时候，整个人都愣住了，立马赶到了医院，我看到代理律师在床上的那种痛苦表情，全身包扎着白绷带，我知道他伤得不轻。

医生和我们说了一些情况，他说病人现在处于排斥的反应期，为避免感染，任何人都不能接近。

这下子，我们想和律师交流信息的机会都没有了，就像一个定时炸弹一样，让人在毫不知情毫无准备的情况下爆炸了，我和莫总一筹莫展。但我们并没有坐以待毙，我留守在病房里时刻关注着代理律师的病况，争取和他说上话，而莫总做好了两手准备，一方面自己着手准备好资料，一方面尽可能以最快的速度找律师来帮忙。但在下半夜的时候，我这边的情况没有任何的进展，莫总那边也带来了不好的消息，几乎没有任何一家律师事务所肯代理这个事。

突然间，我开始明白梦妮的那一番话，她说过的，陈凤娇这个人的人脉很广，想要弄死谁易如反掌，如果硬要抗衡的话，搞不好还有反效果，看来这下子应验了一半，我现在才告诉莫总梦妮上次说过的那番话。

莫总听完之后，也沉默了一会儿，没有说什么，我递了烟给莫总，打了火，自己也抽了一根，任凭烟雾在弥漫。

刚熄灭了一根烟，接到了敏仪的电话，我装得很轻松地说着："傻猪，在纽约还好吗？"

"我还好，就是有点想你。"

"傻猪，见到嘉杰了吗？他的情况有没有大碍？"

"嗯。"敏仪沉默了一会儿。

"怎么了，傻猪？"

"对不起，亲爱的，我想在这里陪他做完这最后一期的物理治疗再回去，还要呆几天。"

敏仪这样说我也放心了，就怕她这两天回来，怕她接受不了这个结果。

"傻猪，你说的什么话，不要说对不起知道吗？多陪陪嘉杰，陪他散散心，你们这么多年没有见面了一定有很多的话要说，好好说，不要担心我，这边一切都好。"

我没有告诉敏仪这些即将发生和预知的事情，我们完全没有把握了，透过玻璃看着病床上生命垂危的代理律师，好像这是命运的安排，上天既然让我们走到了这一步，就要接受这个事实。

时间一分一秒地过去了，那天晚上我没有回去，在医院走廊里打了个瞌睡，莫总忙了大半夜，最后我让他先回家休息。

清晨，早早地，我洗了个脸，奇迹始终没有发生，我们的代理律师并没有苏醒过来。回家换了一身衣服之后，我准点到达财产公证厅。

我到的时候看到莫总和苏伯母也来了，还有一些苏伯母的亲朋好友，我们相互打了招呼，就看到了一班人浩浩荡荡地走了过来，很明显，这样的排场就是陈凤娇她们，后面跟着的还有梦妮。

我和梦妮是擦身而过的，但我们没有任何语言上的交流，我知道在这样的场合，在这个时候不适宜说话，也只是简单的一个眼神的交流过后，我们坐到了公证厅里。

十分钟之后，一个像审判长似的人物走了进来。

我们也像走程序一样，相互交上一份备案材料，包括共同财产，集团公司股份资料，以及个人拥有的财产等等，都需要一一交代清楚，由于我们没有代理律师，这事就由莫总做一个陈词式的交代。而陈凤娇那一边，看来是早就准备好了一个律师团队，相互交锋一阵。对于这种审案，一般不会很复杂，走了几个过场，然后过了几个材料证明之后，基本上可以作出初步"审判"结果。

当宣布结果的时候，我们都吓了一跳，特别是苏伯母差点晕眩过去。

陈凤娇女士由于怀上了苏锦棠先生的亲生骨肉，等同于两个人，而且陈凤娇女士在苏锦棠先生过世之前办理了合法的结婚手续，所以一切的权益都可以享受50%，加因陈凤娇女士是苏锦棠生意上的合作伙伴，理应占集团财产的50%。加上后期苏锦棠先生有公印转赠的集团20%股份，所以说陈凤娇女士在集团财产方面占70%。私人财产方面，也确保以后的所有生活保障，加之所享的50%，还有苏锦棠生前所转赠的别墅一栋，而这栋别墅区就是范春娣女士的住所，从今天开始到十五天内止，范春娣女士要归还陈凤娇女士别墅居所一栋，限期无条件执行。

这个结果，听完之后我明白了，范春娣女士就是苏伯母。这个陈凤娇真的 TMD 的厉害，我用狠狠的目光盯着这个女人，却换来了她的一阵奸笑，此刻，苏伯母开始激动了起来。

"凭什么，凭什么她占这么多的财产……"苏伯母激动地说着。

那天我也不知道怎么过来的，白天拼命工作，晚上一个人到了酒吧。

伴着三五瓶的酒精进入体内，加以酒吧里的 Disco 音乐让我身心得到前所未有的放松，听着这一阵阵的强震音乐，似乎真的可以让人忘记所有。灯光慢慢地昏暗下来，酒气攻心，强震的音乐让人有一种要去跳舞的冲动，舞池里的人都在全身心放松着舞动着，我也加入了这个阵营。

跟着节拍跳动，这时有一个人走到我的面前，凭着那阵香水味我知道是梦妮，她怎么会在这里，我已经不再关心，这时的我们也

没有过多的言语，在这样的氛围，在这样的环境之下，我们尽情地舞动着。

我和她跳着大胆的贴身舞，如果不是今晚的这个环境，我也不知道自己原来也是个舞者，跳得还是不错的，梦妮一个眼神给予我肯定。

已经是午夜零点，音乐已经换成了一曲曲带有诱惑力的酒吧音乐，让整个氛围到了一种前所未有的巅峰，所有的人都乱了，仿佛在这里只有一种交易，就是性。

充满了情色、充满了诱惑，灯光的幻影在变换，梦妮也 HIGH 到顶点。

午夜的灯红酒绿让我沉醉，只是感觉到体力不支，回去的时候，梦妮搭我回去，在车上自己昏昏欲睡，由于车速过于均匀，停的时候也非常平稳，几乎令人察觉不到，不过还是感觉到车停了。我刚想睁开眼睛，一阵温柔的气息接近了我，还没来得及看清，嘴唇已经被一张湿热的嘴唇覆盖住，紧紧贴上来的还有一个燥热的身体。

梦妮吻住了我，不是蜻蜓点水式的吻，她的吻热情激烈张扬，挑逗着我的欲望，我开始把持不住了，右手很快伸到她的脖子后面搂住了她，将她左边身体紧紧压在了车椅上，我虽然不是一个非常擅长接吻的男人，但舌头很轻易地就钻进了她的嘴里，一阵舌头的纠缠，我放开了她的手，伸到座椅下熟练地将座椅放平了许多。

我的舌头在她的嘴里搅动着，寻找到她有些躲闪的舌头，然后热情地吸吮起来，左手开始在她身上游弋，最后在她丰满的胸前停了下来。

也许我轻柔无比的爱抚带给她一阵阵酥麻的快感，这种感觉太舒服了令她不想抗拒，她伸手搂住了我，主动将身体向我贴近，并且发出了细微的呻吟。

我整个人翻过来压住了她，然后我的嘴从她的嘴唇到脸颊、下巴、耳垂，然后流连到了她的脖子，两人都喘息连连，呼吸越来越急促。

　　我没有停下来，用唇继续向下，梦妮的一只手抚上我的脸，然后慢慢地插进了浓密的发间。

　　这时，我的的手缓缓向下慢慢到了她的腿间，想要把她的裙子拉上来，她突然惊醒，用力推开了我，迅速把上衣拉了下来。

　　然后梦妮小声地说着："上去，到我家。"

　　在情欲和理智面前，基本上都是情欲占上风，我和梦妮就像一对久违的恋人般去享受这种性爱的快乐，一阵快乐无比的云雨之后我就在梦妮的床上睡了过去。一个梦我发现自己失去了敏仪，是不是一个预兆，还是一个警告，但我知道这一切都是一个即将发生的预兆和预告。

/ Chapter XIV　熟悉的香水味 /

　　第二天，醒过来的时候，我快速地穿上衣服，因为是酒醒之后的关系，我觉得整个环境很陌生，熟悉的只是那一阵香水味，敲敲脑袋我才隐约记得昨天晚上的事情，原来我和梦妮又一次地发生了关系。对于敏仪来说，我再一次的不是愧疚，而是没有脸面再见敏仪，我的保证、我的承诺再一次成了一个无效的口头承诺。

　　洗了个脸，看着镜子里的自己，胡碴儿已经长满了，看到这个状态自己都感觉到陌生，梦妮突然敲门说道：

　　"朝阳，你看外面是谁来了？"

　　我想不会是敏仪吧，不可能，敏仪怎么会来这里？

　　"好了，我就来了，是谁这么早？"

　　"敏仪，她来了，就在客厅。"梦妮说完这话的时候，我的心突然间没有了心跳，就在那一瞬间，我知道这已经是回不了的过去。

　　我和梦妮前后脚走出客厅，我看到了敏仪，此时的我已经无地自容，我不知道应该说什么，我真的很无耻。

　　梦妮说："你们两个好好聊，我到外面散散步。"

　　剩下我和敏仪，我像个犯了错误的孩子，想听到敏仪骂我几句，可是她没有，她浅浅地笑了笑说："傻样，你怎么跑到这里了，这里可是梦妮的闺房，下次不要这样了。"

我抬头看了看她，不知道该说什么，我直点头，但敏仪她不再跟我亲昵地说话，似乎从这刻开始，我和敏仪之间有了距离。

"怎么了？昨晚喝多了是吧。"敏仪说着，我知道她在尽量地回避。

我哭了，抱住了敏仪，嘴里不停地说："你骂我吧，骂我吧，我知道你不开心，你难过，你为什么要这么好，为什么？傻猪，是我伤了你，我该死，该死！"

我再一次叫敏仪为傻猪，但这种感觉已经不一样了。

敏仪也哭了，但很快躲开，她似乎反应过来，我们没有像往常一样抱在一起，也许敏仪已经不再相信我的谎言。

敏仪说："亲爱的，谢谢你对我这么好，但我想我们需要冷静一段时间，你给我一点时间好吗？"

"不，我不要，对不起傻猪！"我说得很激动，然后抱住了敏仪。

但她却轻轻地推开了我，低头哭了很久说了句："亲爱的，别这样！"

我没有动，想再次搂她，结果她拒绝了，然后她转身就要离开。

我好像失去知觉一样愣在了原地。

门一关，当敏仪已经走远的时候，我才反应过来，然后迅速追了出去。她已经在车里了，我迅速地打开了车门，我想拉她，可她死死地把车门关上，我不停地敲车门，她在里面不看我一眼，最后轻轻地把车开动，然后离开了。我在后面追了起来，嘴里不停地喊着："傻猪，你停下，停下！"她没有停，最后我停了下来，蹲到了地上，不知停留了多久，我慢慢地站起来。

后来，我打的追去，但敏仪开得很快，我没追上，我想着她一定是回家了。我回到小区的时候没有看到敏仪，却看到了陈凤娇。

我本来不想和她有任何的语言上的交流，可是她却拦住了我。

当时我也来了脾气："你干嘛，请放手。"

谁知道她笑了起来："怎么了，你还想回家？"

我推开了陈凤娇，冷冷地说："是又怎样，不是又怎样？"

她笑了笑，然后说着，"你可走错地方了。"

我瞪着眼睛看了看她。

其实我并不想和她有任何的过节，没有理她就径自往里面走去，但这个时候，在陈凤娇身边的墨镜男走了过来，然后拦住了我，这种场面就像要找我打架一样，我当然不会跟他们一般见识，他们人多。

但出乎我意料之外的是，这几个墨镜男人不是装腔作势地要打架，其中一个男人手上拿出一张像契约之类的文件，我接了过来一看，愣住了，我现在才明白陈凤娇的出现是怎么回事，这个房子竟然是敏仪和她的共同财产，这是怎么一回事？我看到白纸黑字写的，如果敏仪要继续住在这里的话就要赔偿陈凤娇一百万，当时，我差点就想把这张契约一撕了之。

我扔下这一纸契约转身就走，但我听到陈凤娇的声音："好样的，但我告诉你，你们得在十五天之内给我把东西搬走，我不住这里，也不会便宜你们！"然后就是一阵奸笑。

我没有回头，更没有回头的必要，我知道这是一个早就预谋好的结果。

刚走出保安亭，碰上小晴，她在车里向我招手。

我只是冲她点了一下头，当我还想继续往前走的时候，小晴叫住了我，让我上她的车。在车里，小晴看出我的麻烦，对我说，"我可以找陈老板帮你解决。"

我听得出小晴已经对我们这事有所了解，但我摇了摇头。

小晴浅浅一笑。

"对了，朝阳，你要去哪？"

是的，我要去哪，我要去找敏仪吗？

我不停地打着敏仪的电话，最后她接了，在我的追问之下，她只是淡淡地说道："我没事的，不用担心。"

"小晴，你搭我到滨江去好吗？"我对小晴说，我有预感敏仪去了滨江。

我们来到滨江兜了一圈之后没有发现敏仪，她到底去哪了，我知道敏仪在存心逃避，之后，我打了几次电话给敏仪她都没有接。

"敏仪，对不起，对不起！"我下了车之后对着江边呐喊，我真的好恨自己，有时一个人做错一件事可以得到原谅，但爱情它真的不是一种物质，谈恋爱更不是一件事情，而是一辈子的感情付出。这个时候小晴也下了车，走到我的身边，我们彼此都没有说话，一同看着江边，江水依然很清。

我突然对着江边笑，笑自己对感情太儿戏了。

小晴安慰我说："朝阳，你没有错，错的是这个现实把你愚弄了。"

我似懂非懂地看着小晴，我不知道针对这个问题我可以做出怎么样的反应，在这个时候我选择了沉默。

小晴突然很深沉地看着我，说道："朝阳，我们是好朋友吗？"

我看着小晴的眼神，平静地回答："我们当然是好朋友了。"

"既然你把我当好朋友，我想告诉你一些事情。"

我点了点头，我们一边沿着江边走一边说。

"朝阳，是关于梦妮的，她其实并不是你想象中的那样简单。"

我不懂，我不明白小晴在说什么，我听得出好像不对劲儿，我说道："小晴，你是不是想太多了，梦妮她不是你想象中的那种女子，我跟她接触了几次感觉她人挺好。"我没有说出自己和梦妮有过几次性关系，我不想小晴误会些什么。

小晴笑了笑，说道："朝阳，你就是太容易相信任何人了，你觉得她简单吗？"

"其实我不觉得梦妮是个简单的女子，但绝对不会有什么坏心眼，而且她还帮了我不少忙。"

小晴也没有说什么，随手给了我一个信封，我打开来看，里面有几张照片，是我和梦妮的一些床照，照片里的这个地方挺熟悉的，我想起来了，就是郊外的酒坊，"这是怎么一回事？"我指着信封里的照片问着小晴。

小晴淡淡地说道："你和她之间的关系不一般哦，但我现在不去探究你们是什么样的关系，你们有过什么样的性爱，这些已经不重要了，我只是想告诉你这个女子不简单，她把这些照片寄到了我的公司，当时我收到的时候还吓了一跳，呵呵。"小晴说这话的时候浅浅一笑。

"你知道她为什么要发这些照片过来吗？"

我不知道为什么会这样子？我不知道梦妮为什么要这样做？我的脑子一片混乱。

"对不起，小晴，我也不知道怎么回答你这个问题。"

这是怎么一回事，我要去拷问梦妮她为什么要这样做。

我几乎失控了，我的脑子里一片空白，我的神经也开始错乱，拨出梦妮电话的时候，我没有想太多，我只是想知道她为什么要这样做，好玩吗？

"对不起，您拨打的电话是空号。"我不知道这意味着什么，这难道是一场预谋的骗局？

"小晴，你告诉我什么时候收到这些照片的。"我抓住小晴的双臂，我的手在颤抖。

"是今天早上收到的特快包裹。"

"我知道了，小晴，我必须去找敏仪，我要去拦截这个包裹。"我想敏仪还没收到，其实我是在祈祷罢了，小晴看着我慌乱的样子，坚决要和我一起去找敏仪，还有梦妮。

我们快速驱车回小区，包裹说不定还在小区里，我看到了方正，急切地问他有没有见过敏仪回来，听到没有之后，我立即跑到信箱看有没有信，没有，物业中心也没有。

我暂时放心了，然后交待了一声给方正，让他知道这事。

我还是回了一趟家，但 Jimme 没有像往常一样出来缠着我，叫了几声都没有反应，走到 Jimme 睡的狗窝也不见它，我焦急了。

好好的 Jimme 怎么就不见踪影了，它跑到哪去了，我让小晴也帮忙一起找，可是全屋找了个遍都没有发现 Jimme。

我的心里急死了。

正当我烦躁的时候，接到苏伯母的电话。

苏伯母重重地说了一句，"你马上给我过来！到环市路的老树林咖啡厅，我在那里等你。"

小晴把我送到咖啡厅门口之后就走了，走进去，我远远就看到苏伯母坐在了靠窗的角落里，苏伯母看到了我，挥了挥手，我走了过去。

和苏伯母打了招呼，但她并不领情，随手就把一个信封扔到我面前，我看到了熟悉的信封袋。我知道了，原来这个信封是寄到了苏伯母的手里，当时我没有打开这个信封，说真的，我已经没有勇气了。

苏伯母看着我冷笑了一下，对我说："打开来看看。"

我摇了摇头，说着："不用了，我知道怎么回事了。"

"那就是说你已经知道发生什么事了？你对得起敏仪吗？"

我一直低着头，没有任何的发言权。

最后苏伯母也不说话了，我们都安静了下来，这期间，是如此的安静，我试探地问句："敏仪她在家吗？"

"别扯开话题。"

我显然听得出这句话的意思。

"敏仪她还好吗？"我继续说着。

"陈朝阳，我约你出来就是想告诉你，我们现在沦落到这个局面，你开心了吧？我在想是不是前世造了什么孽，让敏仪认识你，肯定是你和那个女人勾结起来，才害得我们成了现在这样子的。"我知道她指的女人就是梦妮，她以为我和梦妮是一伙的。

当时我没有机会解释，苏伯母根本听不进去，最后她说道："请你以后离我们家敏仪远远的，还有 Jimme 以后由我照顾，你走吧，算我们上辈子欠你的。"

我的解释已经显得苍白无力！

离开咖啡厅，我只想去找敏仪，记忆里的滨江、高价餐厅、医院后山……

这几个地方我都去了，没有结果。

还有一个地方，卖杯子的精品店，我也知道机会很渺茫，来到这家店的时候，我能拿出的只有一张在钱包里和敏仪合影的照片，原来我和敏仪之间留下来的回忆也只有这一张照片而已。

走出精品店的时候，天空特别的压抑，好像要下雨。傍晚，我再次走到滨江，我什么都没有想，只想在这里沉思，突然间遇到一场大雨，在雨中，我没有走，任凭雨去淋透我的身躯，让雨冲洗我的心灵。

不知道淋了多久，我感觉到有一个人走在我面前，我以为是敏仪，当时还很高兴，因为上天也会怜悯我，可是当这个人把伞撑到我面前的时候，我抬头看清楚了这张熟悉的面孔，不是敏仪，而是小晴。

我也不知道哪来的脾气，对着小晴吼了一声："不用管我！你走，你走！"

小晴的眼里也充满了雨水，她并没有在我的吼叫下走开，而且扔下伞跟我一起淋雨。

我继续吼着："你疯了，我自己赎罪就够了，你干嘛连这个权利都不给我。"

小晴没有说话，也没有看我。

我不知道哪来的劲，我一把抱住了小晴，其实当时我真的好想哭，我不知道为什么会有这种感觉，只是眼眶里的泪水跟雨水一起流了下来。

小晴也哭了，"朝阳，不要淋雨了，没有什么解决不了的，回去吧。"

那天晚上我住在了小晴家里，我还让小晴跟陈老板交待一声，但小晴笑了笑，说着："我和陈老板早就分开了。"

当我听到这句话之后，没有对小晴有任何的非分之想，那天晚上我睡在了客厅，第二天早上醒来看了看手机，有一个未接电话，是敏仪打过来的，时间是凌晨的3点，我的心也随之跳动，敏仪她打电话给我了，那就是原谅我了。

我马上回了电话过去，听到敏仪声音的时候，自己也一时说不出话来。

我很激动，我一连喊了几声敏仪傻猪，"在哪？傻猪，想你了，傻猪……"

可是我的这几声呼喊并没有挽留住敏仪，她已经在机场了，我不知道为什么敏仪这么轻松就可以放下这里的一切，我追问着敏仪，"为什么，为什么你要走，难道这里就没有一点值得你留下来的回忆吗？"

敏仪沉默了，我听得出敏仪像咽住了一样，我知道她舍不得，可是她却平静地说着，"朝阳，好好照顾自己。"

我最后说了一句，"敏仪，你可以为了我留下来吗？"

但敏仪没有回答。

"好了，到登机时间了，有时间再联系。"她最后说了一句。

我的手就像僵硬了一样，不知道怎么挂断了电话，只知道电话慢慢地滑落到地上。

那一天，那一次，我和敏仪真正分开了，我知道自己罪孽深重，我知道不可能再得到敏仪的原谅，我在暗地里祝福着她永远快乐。

回过头看到小晴站在我的身后，我们彼此都没有说话，洗了个脸，我想回公司，想去拼命地工作。

我跟小晴说了要回公司，小晴很赞同我这个决定，她让我开她的车出去，还让我暂时住在她这里，突然间我觉得和小晴之间的关系更像兄妹般地亲切。

回到公司，我埋头工作，心婷走进来几次，而且她今天的打扮可以说很性感，但我对她没有任何的非分之想，我知道自己不能再这么混蛋下去，作为一个男人，就要为自己所做的每一件事情负责。

傍晚，看着窗外的夜色渐渐暗了下来，我走出大厦，开着小晴的车，突然间感觉这个城市竟然很寂寞，我想起了敏仪，车子慢慢地驶出了市区，我不知道自己要去哪里，哪里才是我的情感归宿，但对于敏仪来说我真的很内疚，我没有办法原谅自己，更没有办法说服自己去让敏仪原谅。

我的心有点慌乱，有点烦躁，把车子开得飞快，在一个拐角处，一辆车从小巷里横开了出来，差点和我撞上，我马上刹车，不幸中的万幸！靠！这个人怎么开车的，我把车子停了下来，下了车，把满腔的怒气都发泄在这个开车的人身上，我气冲冲地走了过去，车子里的人明显是被这一幕吓坏了，我走过去的时候她依然没有任何反应，我敲敲车窗，她才回过神来，然后定格似的看着我，在夜色中我没有看清这个人是谁，但她好像认识我似的，激动地说道："陈朝阳？是你！"

本来我满腔的怒气，但听到这样的称呼我没法发作。

车里的女子下了车，我也觉得她很面善，一定在哪里见过的。

可是面对面看着这个女子的时候，我怎么也叫不出她的名字，张大了嘴也不知道说什么。

她看出我的表情，然后她就笑了起来，说道，"我就知道你忘记我了，我是上次在乡村之夜和敏仪坐在一块的那个女的啊，就是伟岩生日的那天，记得了吗？"

她这样说起我倒是有一点印象，"记得了，我想起来了，好久以前的事了。"我不好意思地挠着头皮，因为我实在想不起她叫什么名字，但她怎么知道我的名字，我想可能是敏仪告诉她的，因为那一天我和敏仪聊了会儿，说起敏仪，我的心里又一阵痛。

"我叫真真。"她说着。

"真真。"很好记的名字，我复述了一遍。

"刚才真的好惊险啊，到现在我还有点心悸，幸亏你刹车及时，不然情况不好了。"真真不好意思地说着。

"看来我们也算是有缘分，如果不是这样的相遇我想我们都会擦肩而过了。"

之后真真邀请我吃晚饭，本来不想去的，但盛情难却，我去了。

直到来到餐厅的时候，真真突然告诉我她还约了敏仪。

我的脑海里一片混乱，怎么可能，我开始激动了起来："真真，你骗我的？"

真真的反应并不惊讶，她说道："朝阳，我知道你和敏仪之间的事，为了你们的幸福，作为敏仪的好朋友我有义务去修复你们的关系。"

听完真真的话之后我很感动，但我又想起了敏仪早上的电话。

"真真，敏仪早上才跟我说在机场？"

"进去吧，她真的在里面。"

我走进去的时候，心跳在加速，我不知道面对敏仪的时候我可以说什么，可以让她原谅我吗？可以和她和好如初吗？想到这里，我突然停止了脚步，对真真说："我还是不进去了，我对不起敏仪，我不应该要求她原谅我。"

话音刚落，我看到敏仪已经站在我的面前，一把鼻涕、一把眼泪的。

此刻我们四目相对，仿如生离死别后的重逢，我很激动，眼里早就藏好的泪水不知不觉地流了下来。

敏仪就像一个受了惊吓的孩子般扑到我怀里……

我们没有太多的言语。

真真在一旁感动得落泪了，那个晚上我和敏仪就在这样的场面下重遇了，我们之间并没有伤害到彼此，那些话、那些过去了的事，我们都没有再提起。

之后我们回到小区，那一晚我和敏仪回到那个只有十来天期限的房子里，就像一对久别重逢的夫妻般享受着最愉悦的性爱，我们都很激动，我把敏仪抱得紧紧的，敏仪发出的呻吟声让我很快就达到了高潮，一阵云雨过后，我们紧紧地搂抱在一起，生怕再次分开了一样。

敏仪突然间哭了，我一边为敏仪擦眼泪，一边说道："对不起，傻猪，是我不好，是我把你弄丢了，对不起，是我不好，是我伤害了你……"

敏仪用手堵住我的嘴巴，她不让我继续说下去。

那一晚彼此的道歉让我们体会到失去后的真正意义，那一个晚上我们都没有睡，之后我们聊到了陈凤娇，聊到了房子。敏仪说原来这套房子是以自己的名义去购买的，和她父亲一点关系都没有，更不是共同财产，但这个陈凤娇却一纸契约说她占了50%，当中一定有问题，

我们越想越觉得不对劲。

次日，我到公司把工作安排给小尚和心婷之后就和敏仪去调查这件事情，我们找到了莫总，原来莫总也在找人调查陈凤娇。

那天，我们和莫总约在一家比较僻静的咖啡厅里碰面，我们先到的，莫总来的时候带来一个私家侦探。

这个私家侦探有一定知名度，那天我们从私家侦探手上拿到关于陈凤娇的资料，发现这个女人根本不是什么董事长，也不是什么副市长的干妹妹，她只不过是一家夜总会的法人罢了，另一个不好听的名字就是夜总会的"妈咪"。

当时我和敏仪对视了一眼，这个女人到底是什么样的来头，难道这一切都是一个局？

但陈凤娇腹中的胎儿确实是敏仪父亲的，可是敏仪的父亲和她也只不过是一场交易罢了，最后怎么纠缠上的，还有待调查。

这样的发现让我们都大吃一惊，这个女人的手段实在是高明，瞒天过海的，换句话来说，之前得到的资料都是虚假的？

我突然想到梦妮，这一切都是她放的风。

莫总和敏仪看着我，然后同时说道："朝阳，你之前所知道的关于陈凤娇的资料是从哪得来的？"我沉默了一会儿，但我最后还是说出来了："从梦妮的口中得知的。"

这下我们都沉默了。

之后莫总让我们镇定，从长计议，先不要打草惊蛇，既然找到了这个女人的痛处，就一定让她受到法律的严惩。

莫总的话也有道理，之后莫总有事先走了，我和敏仪也各自回自己的公司。其实我说回公司是想去找梦妮，我越想心里越生气，这个和我有过暧昧关系的女子，我压根儿也没有想到她原来有此一招，现在想想还不迟，毕竟一切的法律手续还没有办，这个陈凤娇手上的那些纸也是废纸罢了，看来这个女人就是一黑道儿上的人。

敏仪到了公司之后给我打了个电话让我凡事都不要冲动，也不要责怪自己，这事谁都意料不到。我很感谢敏仪的这番话，当时我是没法听进去的，但还是在电话里向敏仪保证不会去生事。

我直接到了梦妮的公司。雪儿看到我的时候还热情地招呼着，我淡淡地说了句："梦妮她人在哪？"

雪儿听完这句话之后也觉得自讨没趣，然后就告诉我梦妮没来上班，我问："她有没有交待什么时候会来？"

雪儿只是摇头，然后我留下了电话让梦妮回来的时候打电话给我，雪儿"哦"了一声，之后我就走了。

回到办公室之后，心里还是惴惴不安的，因为这事我要负很大的责任，在办公室坐了一会儿，实在坐不住了，正在这个时候我接到梦妮的电话。

听到梦妮声音的时候，我几乎是吼出来的，梦妮却很平静，她约我晚上在上次和她有过关系的酒坊碰面。

这一天，我的右眼皮一直在跳，冥冥中好像有一种不祥的预兆，在这个时段里我做了很多事情，先是打了个电话给敏仪，我告诉她我晚上有应酬，在电话里头我们也少不了亲昵，就好像真的分开了好久的小情人一样。

最后我说，"傻猪，别担心，还有我，我会好好保护你的。"

敏仪听完这话之后，在电话那头哭了好一会儿……

为了避免她再哭，我不跟她聊太久了，没想到这一次是我和敏仪最后的一次亲昵。正好这个时候丽琳公司广告片的版稿送过来了，我挂断了敏仪的电话。

看了一遍广告片，只能用两个字来形容，完美！给老板看了这个效果之后，也得到了老板的高度认可，老板再次拍着我的肩膀说："朝阳，这个总监的位置非你莫属了。"

之后接到了伟岩的电话，他的婚礼基本上筹备完毕，月底就是大婚的日子，我现在才想起好像没有帮上伟岩什么忙，挺抱歉的，伟岩还安排了伴郎的重要任务给我，在电话里聊了好一会儿，我非常高兴，

终于等到伟岩大婚的日子。

这一天不知道怎么了，接下来还有丽琳的电话，丽琳在电话里告诉我说，上次她看错了，原来姚美确实是陪老总出席宴会，当时她把话说得过分了，其实这是很正常的社交，丽琳还开玩笑地说她自己也会陪老板这样出席宴会的，我也没有责怪丽琳，还打趣说："我就知道你吃醋了，所以对这个事很敏感。"

丽琳也笑了笑，说着，"最近还好吗，还时常想起我吗？"

"当然了，时不时都会想起你的。"我也跟她贫。

"少跟我贫了，我打电话给你，是想告诉你片子很完美。"

"呵呵，专业人士嘛。"

"少来这套！"

就这样没有主题地和丽琳聊了会儿。

梦妮约我在那个酒坊见面，我打了辆车按时赴约。

老板娘带我到上次和梦妮有过关系的房间，依然是这里，敲开门之后，我看到了梦妮还有陈凤娇，她们坐在沙发上，泡着功夫茶。

我进去之后，老板娘把门给关上了，我用很冷淡的语气说道："你们，到了。"

当时我并没有想到陈凤娇也在，但既然都在，就知道她们不会有什么好事。

梦妮示意我坐过去。

我站着说："不用客气了，你们找我过来是什么事。"

梦妮走了过来，拉我坐了过去。

陈凤娇看了看我，然后说话了："说，你有什么条件，我知道你们在查我。"

我语气非常严厉说道："什么，什么条件？"

"开个价吧，你接触那老家伙的女儿无非也是为了钱。"陈凤娇突然冒出这么一句话。

"对不起，我不明白你的话，请你放尊重一点。"我的语气并不好。

"别装了，我知道你的底子，你只不过是一个广告公司的主管，车子没有，房子没有，还和两个女人同居过，你图什么，还不是图美色，图钱。"

我被这个女人当头一棒，在这之前我本来是很生气的，但此刻竟然无言以对。

梦妮这个时候说话了："朝阳，听娇姐的话没错的，我们不会亏待你的。"

"你们，到底想怎么样？"我的话显然没有底气。

"好好谈，只要房子、股份到手之后，属于你的一分也不会少给你。"梦妮说道。

我脑海里突然闪过很多回忆，我和敏仪之间难道真的不存在感情吗？

"不，我不会跟你们同流合污的！"我当时想也没有想就说出来。

"小子，算你有种！"陈凤娇说完之后就像一个泼妇一样盘起腿坐在沙发上，然后点燃了一根香烟。

这时梦妮说道："朝阳，你别忘记了，我和你曾经在这里的欢爱录像也有底盘的，上次所寄发的只是一些艳照而已，如果我把和你在这里鱼水之欢的带子寄给敏仪，你说她会怎么反应呢？"

听完这话之后，我的脑子里一片空白，挥起了拳头准备向梦妮打过去，但下手的时候被一个人反手抓住，我的手被扭着，这时我看到这个男人是陈凤娇的一个保镖。

我根本不知道他什么时候进来的。

梦妮示意他放手，那个男人把我的手放下来之后，我感觉到一阵钻心的痛。

　　梦妮也变得高傲起来："朝阳，我本来是对你有感情的，也想给你好处，但你太不识抬举了，竟然敢动手打我，你真的喜欢敏仪吗，别开玩笑了，你还不是喜欢她的钱，你和我干那事的时候怎么就不见你想起敏仪。"

　　面对梦妮的这番质疑，我明显占了下风。

　　我没有说话，这时陈凤娇开始说话了："怎么了，说对了吧，你这样的男人我看得多了，还口口声声维护心爱的女人，你看你，还不是一窝囊废。"

　　"TMD！"陈凤娇说出这话的时候，我爆出了一句粗口，然后快速一拳就打到这个女人的脸上，当时我真的没有想太多，我知道在这里不能再被她们污辱。

　　"TMD，你们两个给我听着，我陈朝阳，对敏仪是真心的，你们别想在她的头上动一根毫毛，房子、股份，你们休想，你们是疯女人……"

　　我的话没有说完，就有几个男人一起围攻我，我意识到他们是陈凤娇的几个保镖，我瞟了一眼，然后就一阵剧烈痛感，头部受到了致命的撞击，我抱着头，很痛，接下来就是几个人的暴打，我已经开始慢慢地失去了知觉，接下来的事也不记得了，当时我根本没有任何还手能力……

当我慢慢醒过来的时候，闻到了一阵很刺鼻的药水味，空间很洁净，然后我环顾了四周，很黑，我看着窗外，是晚上，而这里不像家，不像酒店，更不是什么黑房子，明显是医院的病房。我往头上一摸，怎么回事，头部被纱布绷带扎得严严实实的，我试着想起一些什么，可是，好像什么都记不起来，对于这里的一切也感觉非常的陌生，我到底是怎么了？只感觉头部很重、很沉、很痛，这时我看到了在病床旁边还有一个美丽的女子，她睡着了，我看着她，只是感觉这个女子有点面善，但我真的一点都记不起来，这个女子是谁？她怎么会在这里，我又怎么会在这里？我在拼命地回忆着，可是却丝毫也记不起来了。

我尽量轻点动作，但还是把这个女子惊醒了。

她揉了揉眼睛，这时我看清了这个女子的脸，这是一张很精致的脸，说实话，她确实是个美女。

这个美女看到了我，然后很惊讶地喊了出来："朝阳，你醒了，真的醒了。"

她喊我朝阳，我挠了挠头皮，但我压根儿也不知道这是怎么一回事。难道我叫朝阳，我试探地问着她："美女，不，应该是这位小姐，你叫我吗？"

眼前的女子明显是呆住了，她的表情很夸张："不是叫你，难道我叫鬼啊。"

突然间我对眼前的美女挺好奇的，她有点小野蛮，但很漂亮，我深深地被她吸引住了，我在想，这个美女一定是认识我的，不然她怎么会在这里照顾我，这是怎么一回事呢？我应该去旁敲侧击，硬着头皮去和这个美女搭讪。

看来这个美女一定是以为我跟她开玩笑了，我从她的表情看得出来。

她说道："如果你不是病人，我才懒得照顾你，现在醒了之后装

失忆了是吧？快去看敏仪吧，她昏迷好久了。"

"敏仪？她是谁啊？"

"敏仪，你的同居女友啊，陈朝阳，我告诉你，别跟我贫，伟岩和姚美他们就在敏仪那边，刚才医生说敏仪的情况不大理想。"

我的脑子在高速地运转着。

"敏仪和伟岩，还有一个叫姚美的，他们都是谁呢？你可以告诉我吗？"

"陈朝阳，你在玩什么，我是丽琳，你知道吗？"

丽琳？我在脑子里搜索着这个名字。

"对不起，我真的不记得了。"头部突然好痛，我抱着头，丽琳也急了，然后她好像跑了出去叫医生。

这时医生进来了，还有一个男的和一个女的。

那个男的看到我之后特别地激动，他说道："哥们儿，你终于醒过来了，你可睡了三天三夜了，我们都在担心你啊，这下可好了。"

然后那个女的也和我打着招呼。

"你是？"我对那个男的说，我确实不知道他是谁，我的脑海里一片空白。

"医生，他到底是怎么回事，好像什么都记不起来了。"这个叫丽琳的女子和医生说着话。

"从医学的角度来说可以判定为失忆综合症，因为病人的头部受过猛烈的撞击。"医生的回答。

"那怎么办？"这时那个男人也紧张地问道。

我抱着头，感觉头部好痛。

"你们先冷静下来，先让病人好好休息，至于什么时候能记起来，这个不好说，情况因人而异，有些人回到了正常的生活之后慢慢就会恢复记忆，也有些病人可能一辈子也记不起来，但这毕竟是少数，他还这么年轻，应该恢复很快的，多让他接触一些熟悉的人、熟悉的环境。"

医生的这番话让我知道了自己的情况还是挺严重的。

丽琳走了过来，对我说："朝阳，你先休息，什么事都不要想，听医生的话。"

之后那个男的和那个女的也走过来。

男的双手按在我的双臂上，说着："朝阳，我是伟岩啊，你真的不记得了吗？这是姚美，我们要结婚了，你还要做伴郎的。"这个男的介绍自己是伟岩，然后还拉过那个女的说她是姚美。

"结婚？伴郎？哥们儿？我好像真的没有了印象。我想知道发生什么事，还有我到底是谁，你们可以告诉我吗？"

伟岩说道："你叫陈朝阳，3 天前在一个酒坊里被陈凤娇一伙打晕的，是那个酒坊的老板通知我们过去送你到医院的。"

"陈凤娇？酒坊？我真的不记得了，我到底去那里干什么，那些人为什么要打我。"

"睡觉,你还想活命的话。"丽琳的话音刚落,我也不好再问什么了，只是想着这个女子到底和我有什么关系，她为什么在这里？伟岩说是我的哥们儿，但她呢？

我好奇地问道："丽琳，对吧，你叫丽琳，我和你是什么关系呢？你怎么对我这么好，还在这里照顾我？"

这个女子也挺有趣的，她说道："我是你曾经的美女房东，我和你同居过的。"

"真的吗？难怪我觉得你很有亲切感呢。"

"那当然了，快睡觉吧，其他的事明天再问，知道了吧。"

"遵命。"

这个女子笑得很灿烂。

睡在床上的时候，他们在一旁说着，我也听得蛮清楚的，伟岩说："丽琳，看来朝阳这次真的失忆了，我们得想个办法让他恢复记忆才行，对他们家都先瞒住，不要惊动老人家，老人接受不了的。"

然后丽琳接话："这也好，现在他这样子，我也不大放心，还有

敏仪也弄成这样子，还不知道什么时候醒过来。"

姚美也说道："那个电话说得太急了，敏仪是因为担心朝阳的生命危险，才遇上那场车祸的。"

我在听着，我知道了一些关于我和敏仪之间的事情，她是因为担心我，才出了车祸，而且还很严重，不行！我得去看看敏仪。

我说道："我想去看看敏仪，可以吗？"

丽琳说道："医生说你要好好休息，明天再去看吧。"

"就现在吧！"之后我就下了床，然后他们也没有阻拦我，带我到一个重症病房，隔着玻璃窗我看到了睡在里面的敏仪。在病床上的敏仪很安静，插着很多的管子，脸色很苍白，旁边还有一个心动仪，那条起伏不定的线在上下地波动，我知道她是为了我而躺在病床上的，突然间挺感动的。

这时，一个高贵的妇人向我走近，然后态度很恶劣地对我说："你过来干嘛，现在敏仪这样子你开心了吧，我早就跟你说过，不要再接近敏仪，现在好了，害得她这样，你开心了吧。"

我知道是自己不好，是我让敏仪躺在病床上的。

"对不起，我向你赔罪道歉。"

"滚，以后别让我看见你。"贵妇依然冷冷地说着。

"我真的好内疚，我怎么样才能得到你的原谅。"

"不用了，你滚得越远越好，永远都不要出现在我面前！"

这个贵妇说完之后就开始抽泣。

突然间我的内心一阵酸楚。

这时丽琳走过来，对那个贵妇说道："伯母，朝阳他失忆了，现在什么都记不起来，你不要再责怪他了。"

贵妇也停止了抽泣说道："失忆也总比我们敏仪昏迷的好，你们走。"

看到这样的局面我心里很难受。

回到病房的时候，我压根儿睡不着，看着窗外的夜色，感觉这个夜好凄凉，外面好安静，我的脑子里很混乱，我在拼命地回忆着。

只感觉到头部很痛，慢慢地，这种痛感也转为休整期，醒过来的时候天都亮了。我闻到的不再是药水味而是一阵百合花香，睁开眼睛的时候，大家都看着我，我却一个都记不起来，我环视了一下，大概有七八个人吧，我能认清的人只有丽琳、伟岩还有姚美。

我愣怔地看他们，有一个中年男人在这几个人当中年纪稍大一点的，他叫我小陈，然后还告诉我休养一段时间之后就要到公司里去担任创意总监。

听到这话的时候，我想他应该是公司的老板，不然哪有这个权力，但我对于这个什么创意总监的事却一点都记不起来了。

"对不起，我真的记不起来了，我想工作上的事我还不能够胜任，毕竟——"

中年男人打断了我，拍了拍我的肩膀，说道："不，朝阳，我会给你时间的，不要急，慢慢上手，但这个创意总监的位置是早就为你预留的。"

我道了声谢谢，之后他接了个电话，说了句让我好好休息，过些时间到公司里去熟悉环境，然后就回去了。

我很感谢这个老板，接下来还有一个挺时尚的女子，她喊我老大，然后做了一番自我介绍，我看得出她的眼里充满泪水，我知道她哭过，她哭了一会儿鼻子，然后还是来了一句，"老大，我是心婷，你真的不记得我了吗？"心婷说到这里的时候又动情了。

可是我真的一点印象都没有。

还有一个叫小尚的人，他说道："陈主管，你不记得了吗，那一次我在浏览有色网站的时候你还站在我的背后，当时把我吓了一跳。"

我知道小尚也在尽量说一些能勾起我回忆的事。

这时走进来一个美女，她看到我的时候很伤心，我想她和我之间是不是也有过什么样的暧昧关系。

她走了过来，大家都看着她，伟岩和她打了个简单的招呼："真真，

你来了！"

真真，我在脑海里寻找着这个人物的影像。

真真走了过来，手里还拿着一束很漂亮的花，插上去之后她坐在我的床边摸了摸我的头发，然后跟我说话："朝阳，我刚看了敏仪，她的情况比你严重，我没有想到你们会发生这种意外，你有时间的话多多跟敏仪说话，也许对她的恢复有帮助。"

我本能地点了点头，我知道我有义务去唤醒敏仪。

之后还有小晴过来了，她买了我最喜欢的百合花。

这个早上是在人来人往中度过的，我认识了好多人，可以这样说，我得重新认识他们，因为我的脑海里一片空白。

之后我们又一起去看了敏仪，医生在为敏仪作检查，情况还是没有任何好转。

我一个人走了出去，来到了医院后山，今天的天气很好，阵阵的凉风吹过来，秋天真的很好，在小山丘走了一圈儿，我似乎在寻找着什么。

我感觉到后面有一个人跟着我似的，回过头一看原来是丽琳，我们一个眼神的对视，但就在这个时候丽琳突然一个不小心，似乎要摔倒，我一个转身，向前抱住了丽琳，然后手却不自觉地落到了她那柔软的胸部上面，我突然间被这种感觉所震住，但很快就反应了过来，扶好丽琳之后我连续说了几声抱歉，很不好意思地看着她。

丽琳笑得很开心，她说道："朝阳，你变了，自从失忆后变得绅士多了。"

我也不好意思地笑了笑，说着："是吗？我以前是什么样子的？"

"你啊，以前比较风流，呵呵。"

我浅浅地笑了笑，我觉得用风流来形容曾经的我很有意思，可是我真的一点记忆都没有。

然后我对丽琳说："要不我们走一段，欣赏一下这个医院后山的风景，也听你说说我过去的一些事好吗？"

有一种很强烈的感觉，我不知道用什么言语来表达，冥冥中感觉我们好熟悉，可是我却又记不起来是什么，难道这是上天注定的？

我半跪在敏仪的床边，看到了她的手上插了很多的管子，这时我只听到药水的滴声还有心动仪的跳动声，我屏住呼吸，我的心在怦怦地跳动着，我能感觉到敏仪的痛苦，我看着她的脸，很苍白，我轻轻地去撩动敏仪的头发，一阵钻心的痛在我的心里，我跪了下来，一时说不出话来，我想对敏仪说一声："我爱你！"因为我知道曾经深爱过这个女子，但现在我却说不出口，我说了一声："对不起，对不起，真的对不起，我要看到你好好的，知道吗？你一定要坚强，你一定要振作，你一定要醒过来……"

我轻轻地握住敏仪的手掌心，一直重复着这一句："对不起，真的对不起，你一定要好好的，你一定要醒过来，知道吗？我们大家都在为你祈祷，都在为你祝福……"

对于我爱你，我始终都没有说出口，我是说不出口吗？我开始质问自己，但当我想说的时候已经没有机会了，那个贵妇已经走了进来。她站在我的面前，把手腕伸到我的眼前，我知道她想表达什么意思，她想说5分钟到了，我给你5分钟，就已经很给你面子了。我知道了，我松开了敏仪的手，起身准备走出病房的时候，贵妇大喊了一声："医生……有反应，有反应……"

我听到贵妇这句话，兴奋得说不出话来。检查结果出来后，医生告诉我们："这只是病人的一个本能反应，在医学界可以称为短暂性的脑髓体充血，很正常的自然生理反应。"

"这不是说明有好转吗？"贵妇急切地问道。

医生摇了摇头："今晚是危险期，我想……你们还是送她到国外治疗吧。"

我的心揪得厉害，或许这是上天给我的惩罚？

这一个晚上，我们的心情都很沉重……

次日，我再次做了检查，因情况较稳定，便出院了，过几天回来

复诊。

听到这个消息我依然高兴不起来，出了院，我该去哪里呢？从前的一切，在我记忆里只有模糊的印象。

窗外的阳光穿透进来，我依旧傻傻地坐着。

小晴来看我，送了我一束清香的百合花。

淡淡的花香，让我记起了她是小晴。"怎么了？朝阳，你怎么看起来不是很精神。"小晴在我身边坐下，轻声道。

我浅浅一笑："我挺好的，医生也说我可以出院了。"

"太好了。你还是来我家住吧，随时欢迎你的。"

我沉默了一会儿，笑道："不了，我租房住吧。"

伟岩和丽琳也来看我，听到我能出院的消息，都很高兴。

在丽琳的极力邀请下，我答应搬到她家。

看着帮忙收拾东西，兴高采烈要接我回家的丽琳，我轻声道："真的谢谢你。"

丽琳扭头向我吐了个舌头，却没有停下手中的活。

伟岩说得对，我搬回曾经的那个家，对恢复记忆有很大的帮助。看着身边的这些人，我心里暖融融的。

收拾好了东西，我们再一次走到敏仪的病房，但发现她不见了……

我的心里突然一阵紧张，自从失忆之后我没有这种感觉，但现在，面对着突然不见的敏仪，我的心里有一种很不祥的预感。

护士告诉我们病人已经转院，我们再一次沉默了。

不知道为什么，在这个时候我变得有点感伤。

之后，我们在小山丘走了一圈。

风轻轻地吹过来，我们几个顿时都无语了。这时，天色也渐渐暗了下来，要下雨的样子……

"好了，没事了，让你们担心我了。"我也不想让气氛变得这么沉寂，我不想看到大家这样子。

我抬头看看低垂的铅云，笑道："快要下雨了，还是回去吧。"

伟岩开着车，我们一路无言以对，回到丽琳的家。下了车，在我们走出车库的时候，突然下起了雨。

这时候，丽琳突然笑了起来。

我们一同看了过去。

丽琳好像回忆起什么，看着我说道："朝阳，你还记得上一次也是这样的雨，然后你在这里捉弄了我一次，但那一次的雨势比这次猛。"

我挠了挠头皮，摇了摇头，没有什么印象了。

"要不要听，你们俩要不要听？"丽琳一脸兴奋地说着。

小晴和伟岩对视了一眼，然后异口同声地说道："当然要听啦。"

丽琳随即说道："那次啊，我刚回来，把车停到车库，但没有带伞，然后打朝阳的手机，他的手机打爆了都没有反应。看着雨没有停的意思，我拿出包包挡在头上做好冲的姿势时，朝阳他突然出现。当时还把我吓了一跳，以为有色狼趁雨劫色，但当我看清楚是他的时候，就来气了。我说：'你的电话是怎么回事？'然后他是一脸的赔笑，说：'是关机了啊，没电，没办法，看来你也不记得这些事了？'"说到这里，丽琳突然反问了我一句。

我依然摇了摇头，真的没有印象。

丽琳继续说下去："当时我看着你嬉皮笑脸，就更来气了，冲着你说了句：'你不会充电吗？我把你电话都打爆了都没反应'。"丽琳说这句话的时候是看着我的。

"然后你们知道他怎么说吗？他说家里也没电啊。我是郁闷加火气攻心，然后他也没有理会我什么样的表情，竟然说了句：'来吧，一起撑着这把伞。'我才明白，原来他是特意为我送伞的，当时挺感动的。"

说到这里的时候，丽琳停顿了一下。小晴正听得兴奋，就来了句："你们真的好纯，没有其他了吗？"

丽琳也不好意思地笑了笑说道："我当时啊，就感动了嘛。我听

他说：'我在这里等了你好久，就怕你没有伞。'然后我知道错怪他了，原来是特意等我，所以我嘛……就给了他一个强力之吻，现在想想有点后悔。"

小晴突然冒出了句："丽琳，你不觉得你和朝阳很般配吗？"

随即丽琳也笑了笑，说："我和他是贴错门神的两个人了，但那也是以前的事了，现在的他还蛮绅士的。"

"那你现在是不是可以考虑考虑他了？"小晴的话刚落，雨好像也停了下来。最后我们没有继续这个话题，我当时心里也觉得眼前的这个丽琳挺有意思的，而且和我有过这么多有趣的事，看来曾经的我和她同居的时候一定是发生了很多有意思的故事。

也算是再次回到这个家了，可是我对于从前的记忆一点印象都没有，倒不如就以新租客的名义住回来吧。

/ Chapter XVI　名正言顺同居了 /

　　丽琳的房子不算很大，就两室二厅，可是装修得很有格调。

　　在家里坐了一会儿之后，伟岩说我的一些衣物还在敏仪的家。然后，我们又一起回到了那里。在一处叫碧螺居的小区里我们下了车。一名叫方正的保安和我打招呼，我也礼貌地给予他回应。方正得知了我失忆的事，也沉默了。

　　方正将我带到那个我曾经和敏仪同居过的家。那里很大，是一个复式的套房。走进去的时候，我触摸里面的一切，好像有点记忆。一不小心，我打碎了一个杯子，杯子碎在地面的时候发出了很清脆的声音，我好像记起了些什么。这个画面很熟悉，脑海里快速闪过了，但这个记忆一闪而过也没有让我回忆起什么。

　　小晴看着我，说道："怎么了，朝阳，是不是想起了什么？"

　　我点了点头，但又摇了摇头："刚才真的有那么一点的记忆，但一下子就闪烁而过。"

　　"不要强迫自己，慢慢来。"是伟岩的声音。

　　我们没有在这个家逗留很久，把一些属于自己的私人物品拿好了之后就准备离开。但在离开之前，我走到一个小房间里，看见了一个狗窝，我在寻找着回忆。这个狗窝上面还有一张狗的照片，照片里还写有 Jimme，我又好像闪过了一点记忆。然后，我的脚不小心碰到一

个狗盘，之后我才从闪过的记忆里回过神来。最后还是什么都没有记起，我拿过这张狗狗的照片。

在拿过这个照片的时候，我突然想起一样东西，我好像潜意识里要去拿一样东西似的。丽琳和伟岩他们还以为我受了什么刺激，他们也跟着我走进了敏仪的房间。我翻来覆去的，终于在书桌里找到了一个本子，是一个带锁的日记本。我不知道为什么要去找这个本子，但当我看到 Jimme 照片的时候，脑海里闪过这个记忆，就是这个日记本。

然后小晴拿过我手上的日记本，看了一下，说道："是带锁的日记本，现在还有人用这样的日记本，也真的够 OUT 了。"

小晴说这话的时候，我好像又记起了一些什么，但丽琳也笑了起来，说道："真的好 OUT 啊，这个日记本看来是敏仪的。她这个富家女，原来还有着这么传统的思想啊。"

我的脑海里重复着这番话，"真的好 OUT 啊，怎么还有人用这种带锁的日记本？"记忆里闪过了一个画面……

"一只狗、一个日记本……"但那个画面也是一闪就过去了，没有想起太多。

我突然间想起了一首歌，"一个人一只狗一杯酒，一夜一下子变老，爱怎么能消失掉……"也许这首歌在这个时候可以代表着我的心情，代表着我所失去的那些爱情。虽然我对于和敏仪之间的爱情记忆没有了，可是我相信这种感觉就在这一秒里……

大门紧锁之后，我知道这里已经是不再属于我的家。

再次回到丽琳的家。伟岩把我们送回后，他有事就先回去了。小晴就住在碧螺居小区里没有跟我们过来。

这个时候，在丽琳的家里，只有我们两个。丽琳忙里忙外好一会儿，说是要为我洗尘。听丽琳这样说我挺感动的，毕竟有个女子还能为一个曾经的房客这么地热心。

丽琳忙完了走到我的面前，我看着她的眼神，流露出一份感谢，更是感动。

丽琳看着我的时候，也笑了起来，说道："怎么了，朝阳，感动了吧？不用这么真情流露嘛！我也想做点事减减肥而已了，你别想太多了。"

我还是很认真地对丽琳说了声："谢谢！"

丽琳笑得更灿烂了，说道："你怎么就变得这么有礼貌了，我真的不习惯。"

之后这个小女人说要下厨给我做一顿好吃的，说完就开始忙活了起来。

丽琳露出很可爱的笑容，说道："稍等一会儿，你先到我房间里面去上会儿网，你房间的网线还没有拉好，以前的那条网线好像出了点儿故障。"

我好像是听错了："到你房间去上网？方便吗？"

"进去吧，房门没有锁的。"丽琳再补充了一句。

这个女房东还挺热情的。我想，以前应该也是随时欢迎我踏入她的雷池吧。

然后我不好意思地问道："丽琳，我以前是不是经常到你房间去上网呢？"

丽琳笑了笑，说："你去就是了，以前的事让你记起的时候自然就知道了。你自己玩吧，我去做饭。"

到了丽琳的房间，一阵很清香的女人味扑面而来。我用最快的速度将丽琳的房间扫视一遍，最特别的就是整个空间很温馨，墙上挂了很多的艺术照片。我不自觉地走近，因为我被一张裸了上半身但重要位置用手挡住的照片吸引住了。我全神贯注在看这张照片的时候，却感觉到我的背后有很深的呼吸声，我不快不慢地回过头。

我看到了丽琳。

我们四目相对，丽琳也看着我，说着："原来你还是这么喜欢看我的艳照，失忆后也不变。"

我摸不着头脑，不好意思地说着："丽琳，是不是我看了不应该看的东西了？"

"你看了还说，这可是我的少女写真照，一般不对外开放的呢。"

"那我有机会进来很荣幸了。你拍得真漂亮，但现在更加成熟了，有女人味了。"

"是吗？你还真会说话，我还是喜欢现在失忆的你，说话都这么有学问。"

"我是实话实说嘛，你确实是个很有个性的女子，应该有不少的男人喜欢你。对了，我和你住在一起方便吗？"

"方便，怎么不方便呢？我邀请你来就方便了。"

"嗯，我可以继续欣赏你的艺术照片吗？我觉得拍得很有感觉，我喜欢看。"

"好啊，我一张张地给你介绍。比如这张，是在两年前拍的……这张，我最喜欢了，你别看我的动作这么自然，当时让我脱光了上半身对着那个摄影师拍的时候，我简直羞死了，但她说我这么摆才有女人味，当时也想着为了艺术献身就拍了。这张就是你刚看到的了。"

"拍得真好，我都喜欢。"

丽琳笑得更灿烂了。

"好了，朝阳，你在这里随便参观，我到外面弄点吃的，保证你大饱口福。"

"我可以帮你的忙吗？"

"你一会儿帮我吃光光就可以了。"

"遵命！美女做的菜一定好吃。就算难吃我都会吃光光的。"

"这是你说的，我还要听你对我的菜评价呢。"

"没问题，这你放心好了，我一定会给予很中肯的评价。"

丽琳说完就走进厨房忙活起来。

在网上转了一圈，浏览了一些关于失忆后怎样才能恢复记忆的帖子和网站……

我看到一个很有意思的留言，有些网友说失忆想恢复记忆最好的办法，就是重新让自己撞一次墙，然后撞到越晕越好，越猛越好，这孩不是值得爱的女孩，这是我的观点。

那一个晚上我和丽琳在看一出连续剧的时候，我看到了丽琳的眼里有了眼泪。我想，这个故事也不至于那么感动吧，只不过是男主角失忆了，以前男女主角是冤家，但经过这一次的失忆事件之后，女主角发现原来是多么地在乎男主角，她做了很多事来让男主角记起她……

当时我看到这个镜头的时候，我突然来了一句："琳，你不会也把剧中的人物想像成你和我了吧？"

谁知道我的话音刚落，就遭受了这个美女的美人拳，这是我始料未及的。

然后丽琳的一个美人拳打下来之后，就在我的脸上摸了一把，说道："阳，没事吧，对不起啊，我不是故意的，我把你想象成以前的你，所以……"

以前的我？我在想，以前的我和这个女子之间原来是这样相处的，那也很有意思啊。但刚才丽琳的手摸在我的脸上的时候，我觉得她的手很细滑。

"朝阳，你听到了吗？你刚才叫我什么了？琳？"

"对啊，你叫琳，你也叫我阳。"

"我到底怎么了，我怎么一下子和你这么亲密了。"丽琳说道。

"也许我们有缘分啊，就好好培养培养。"我也轻描淡写地说。

"你，还是这么的轻佻，但我喜欢。"

丽琳说出喜欢的时候，我想着她是不是开始慢慢地喜欢我，也许曾经我们也有过某种关系的，不然怎么能这样一触即发呢？

我还准备更深入地去和这个女子探索这些暧昧的话题，但这个可爱的小蛮女却转了一个话锋，她说："好了，以后还是叫我丽琳，记住了吧，叫琳太亲密了，我还不习惯。"

"噢。"我显出一阵失落。

她也许看出我的失落，然后说道："想不想来一些刺激的事情。"

"刺激的事情，当然想啊……"我的兴致极高。

我带点挑逗的眼神看着丽琳，说道："怎么了，是不是想解决一下女人的生理需要呢？"

我也不知道为什么敢这么开放地和她说这些话题，但我知道她并不反感，因为我听到的回答是："我还是女孩子，女人的定义是和别人发生过关系的才是女人，所以我不能定义为女人。"

"那么，这样说你还是处女了？要不，让我把你变成女人，好吗？"其实我说这话的声音压得好低好低。

但她好像听到似的，然后我看到她脸上的一阵红晕。

这时我更来劲，欲望也更强烈，还用了肢体语言来表达。

然后心血来潮地说道："琳，我们以前是不是经常玩这种成年人游戏呢？"

但我的话音刚落，她就皱着眉头，不高兴的样子，说道："你又叫我琳了，这个是我未来老公才可以叫的。"

我再次"哦"的一声来回应着，然后装得一脸不愉悦的表情。

她根本没有在意我的表情是怎么样的，只是把我的痛苦建立在她快乐的基础上。然后，她磨灭掉我这一点点被挑逗起来的激情与欲望，因为接下来我们根本没有深入这些暧昧的激情游戏当中，连一个湿吻都没有。

和丽琳的相处很自然地发生了很多有趣的事情，丽琳还会经常和我说一些很有意思的回忆。她会说道：她的第一次献给了我，当时我挺惊讶的，最后才知道，原来是她的第一次处女菜……

我很不好意思地笑了，因为我想多了。

傍晚的时候，丽琳神秘地告诉我陪她到一个风雅廊西餐厅的地方寻找那遗失的记忆，我乐呵呵地点头答应。

走到车库的时候，丽琳把车子钥匙递给我，说道："朝阳，你来开车。"

"遵命，为美女效劳是我的荣幸。"

辜负老板的期望，我全身心地投入，慢慢地工作上的业绩也得到了相应的回报：接了一个公益广告，还被评为"最具影响力的十大公益广告"金奖。也凭着这个奖，公司的业绩蒸蒸日上。老板看到我现在的成绩，拍拍我的肩膀，对我说："朝阳，我一直看好你的，好好努力吧！"

除了在工作上的成绩得到了肯定，在这一年里，我和丽琳之间的感情也日渐升温。也许是日久生情，更是因为我和她之间还是很有缘分的。自接到了绣球之后，月老的红线也好像把我和丽琳绑定了似的，爱神之箭好像把我们的心都射中了，我们之间默契多了。

其实我和丽琳的感情正式进入快车道，是因为一次丽琳发高烧。那天我可急坏了，半夜三更把丽琳送到医院，那一次我几乎是抱着她跑到医院的。然后我守了一个晚上，自己也熬出病来了。接下来轮到丽琳照顾我了，我们这对患难病人就在这样的情况下擦出了火花。

世事就是这般的有意思，真是奇妙，当一切都发展得顺理成章的时候，我却遇到了她——那个我曾经爱过的女子，那个我和她有过很多故事的女子，那个让我的思绪、我的记忆像泉水般涌出来的女子。

那一天，因为一个广告项目要出差到北京，在酒店住下来，一切都好像安排好了一样。我当初还以为是公司的安排，但后来我看到了一个熟悉的身影，这个身影和我擦肩而过，我记得这个女子，是敏仪。突然间我的思绪、我脑海里的记忆像涌泉般涌现出来……

我愣住了，再回过神来的时候，这个熟悉的身影不见了。

我追了出去，当时我什么都没有想，只想去确认这种记忆。

我完全没有了方向感，北京的街道，分岔路还是很多的。我也不知道当时是出于什么样的心态，摸摸口袋有一个硬币，我选择了用硬币来为我做出选择，啊！是字，于是我就向左。

一路上的行人也不多，好像有一种力量驱使自己一定要找到敏仪似的。

就在一个红绿灯的人行过道上，我再次看到了这个熟悉的背影。

这时我也看到了她的一个回头，显然她看到了我。这一刻，我们